Ah Hero,
I want to see that face of yours
writhe in agony
ああ
勇者、
君の苦しむ顔
見たいんだ
Presented by
ユウシャ・アイウエオン
Illustration by 成田芋虫

Ah Hero,
I want to see that face of yours
writhe in agony
「やっべ……パジャマ姿のシルヴィアたん可愛い！」

「随分と大変なことになってるみたいだねぇ？」

「ねえ、星屑　ゾンビになって、喰屍鬼《グール》になって、悪魔になって……次は何するの？」
「うん、そうだなぁ………………」
Ah Hero,
I want to see that face of yours
writhe in agony

Ah Hero,
I want to see that face of yours
writhe in agony

ああ勇者、君の苦しむ顔が見たいんだ

Presented by
ユウシャ・アイウエオン

第一章　夢と希望《ふくしゅう》の始まり（勇者マジ殺す）

復讐過程　その1　攻略本を熟読してからゲームを始める全能感

「ぐぎゃぁっ!?」

思い切り背中を踏まれる。

だけど背中だからそんなに痛くはない。

必要以上に苦しそうな声を出すことがポイントだ。

「きたねぇ声で鳴いてんじゃねぇよゴミクズ!!」

ぎゃはは、と下卑《げび》た笑い声を漏らしながら鳳崎遼生《おおとりざきりょうせい》が僕を踏みつけ、見下《みくだ》し、なぶる。

「本当によぉ……　異世界にまで来てお前の相手をしなきゃなんねぇなんて本当に不幸だよなぁ、俺はぁ」

「ぶぎゃぁ!!」

鳳崎が僕の頭を踏みつける。

踏みつけられることは想定しているので、額は地面にあらかじめくっつけている。

隙間がなければ大した衝撃は生まれないのだ。

額が切れたみたいだけど、脳震盪《のうしんとう》を起こすよりはましだ。

その時になるべく滑稽《こっけい》な声で苦しむふりをすればなお良い、相手がすぐに満足してくれるからだ。

「あははは！　豚みたいな声ぇ!!　きもぉ!!」

鳳崎の取り巻きで、鳳崎が好きなクソビッチ、南城加奈《なんじょうかな》が這《は》い蹲《つくば》る僕を指差して笑う。

どうやら僕の叫び声がお気に召したようだ。

僕は君の不快な笑い声はお気に召さないけどね。

「ホント、お前はキモいよなぁ……　見てて吐き気がするよゴミクズ」

「がはぁ!!　ご……　ごめんなさぁい！　ゆるしてくださぁぁいい!!」

鳳崎が僕の肩のあたりをガシガシ蹴《け》り飛ばす。

くふふ、馬鹿め、肩は蹴られてもあんまり痛くないんだよ。

だけど痛がるふりはやめない。

泣きそうな声を絞り出して、地面にうずくまって、精一杯情けない格好をする。

さぁ、どうだい？

堂に入《い》った情けなさだろう。

「鳳崎君、それ以上やったらゴミクズの奴《やつ》死んじゃうんじゃないの？　まぁそんな奴死んでも誰も困らないけどね」

鳳崎の取り巻きで金魚の糞《ふん》、木島京《きじまけい》が僕を見て嘲笑《あざわら》う。

うん、そうだね木島君、僕も君が死んでも困らないよ？

「…………………」

しかし……　御堂九《みどうここのつ》さんはいつも見てるだけだなぁ。

なんかリアクションとかないのかな？

僕がこんなにいじめられてるのにね。

「こんなにキモいんだ！　いっそ死んじまえよぉぉぉッ!!」

「ぐぎゃあああああああああああああ！！！」

ぐお………

思いっきり脇腹蹴りやがった……

ここだけは腹に力入れてても痛いなぁ。

肋骨《ろっこつ》が折れてないといいけど。

とにかく僕は、まるで死んでしまうかのような絶叫を上げる。

涎《よだれ》を使って口から泡を出し、白目を剥《む》いて、びくんびくんと痙攣《けいれん》をする。

もちろん尿を漏らすことも忘れてはいけない。

「うお、コイツまた漏らしやがった、マジきたねぇ……　ほんとゴミクズだな」

失禁をすれば、高確率で鳳崎はドン引きする。

そして……。

「クソが!!」

そう言っていつも僕の尻を蹴り飛ばして去っていくのだ。

くふふ……　これで君が僕を殴《なぐ》った回数は通算で一万四千五百六十と三回だね。

二年間でよくもまぁこんなに殴ったものだよ。

その性根の悪さには感心する。

でも……　僕はその全てを覚えているからね？

「………………」

ん？

ここのつさんがまだ僕のこと見ている。

何なんだろうか？

「おい！　御堂!!　何やってんだよ!!　行くぞ!!」

「…………………わかった」

ふむ、本当に何だったのか。

まぁ、ともかく…………………　どうやら皆行ったみたいだな。

「ふぅ…………」

僕はゆっくりと立ち上がって、体についたゴミを払う。

そして体の状態チェックをする。

うむ……　額が切れた以外はどこも怪《け》我《が》してないみたいだ。

よかった。

「はぁ、しかし鳳崎君も暇だね」

勇者の仕事が忙しいはずなのに、わざわざストレス解消に僕のところにまで来るんだから……　本当に暇な奴だ。

勇者なのにね……　まったく。

早く一人前の勇者に成長して、魔王を倒して元の世界に戻らないといけないのにね。

そう聞かされているはずなんだから頑張らないと……　いけないのにね。


あの日……

いつものようにあいつが僕をいじめていた時。

僕達は異世界に飛ばされた。

鳳崎に巻き込まれる形で僕達は異世界に飛んだのだ。

鳳崎はこの世界で魔王を倒す勇者となるべく召喚《しょうかん》され、今は戦う訓練をするために魔法学校へと通っている。

全ては魔王を倒して元の世界に帰るために。

自分と、その仲間と共に元の平和な世界へと帰るために……　鳳崎は今も頑張っている。

本当は帰る方法なんてないとは知らずにね……

くふふ、愚《おろ》かだなぁ。

この世界は鳳崎に力を与えた。
所謂《いわゆる》、勇者召喚のお約束。
チートって奴だ。
そしてその取り巻き達も、それなりにレアな能力を持っているらしい。

……………………そして僕も。

僕は、前の世界では全てを諦《あきら》めていた。
僕の親はどうしようもなく、鳳崎の親は権力者で……
教師陣はクズで、社会は敵で、世界は僕の味方をしなかった。
ついでに僕は喧嘩《けんか》が弱くて、鳳崎は喧嘩が強かった。
しかも鳳崎は顔が良くて、僕は地味で根暗な顔をしていた。
だからいじめられていた。
さしたる理由も無くいじめられていた。
鳳崎が強くて、僕が弱かった。
それだけでいじめは始まった。

わかってる……　わかってるよ。
強者が弱者をいじめるのは当然の権利だ。
自然の摂理《せつり》だ、仕方のないことだ。
だけどね……　そんなのには反吐《へど》が出る。
反吐が出るよ。
だけど……　この世界。
この世界では違う。
僕にも戦う力がある、
戦える能力がある。
少なくとも、あがくことはできる世界だ。
復讐《ふくしゅう》の糸口が掴《つか》める世界だ。
僕のこの固有能力があれば……

僕の能力。
〔世界に現存する全ての書物を脳内で閲覧《えつらん》することができる〕
僕は天を仰《あお》ぎ見る。
そして神に感謝を捧《ささ》げる。

最高だ……
最高の能力だよ……　これ以上はない。
『悦覧者《アーカイブス》』
くふふ……　僕は君にしてあげる。
絶対に復讐をしてあげるよ、鳳崎君。
僕は君と出会ってから今まで……　ずっと君のことを想《おも》っている。
これは最早《もはや》、憎《こい》と言ってもいいかもしれないね。
そして、それは……
すぐに殺意《あい》へと変わっていったよ。
僕はずっと君を追い続ける。
せっかくチャンスが巡《めぐ》ってきたんだ、積極的にアタックしていかないとね。
僕は諦めない、頑張るよ。
見ててくれ……
僕が君の心臓をえぐり出すその時まで……
夢を叶《かな》えるその時まで……
「僕は……」
僕は諦めない。

「僕は世界の攻略本を手に入れた」

ああ……　世界はなんて美しいんだろう。

僕の名前は御宮星屑《ごみやほしくず》、略してゴミクズと呼ばれる男だ。

STATUS

御宮星屑 GOMIYA HOSHIKUZU

Lv 1

種族 — 人間
装備 — なし
HP — 40 / 50
MP — 10 / 10

力 —	0	対魔 —	0
魔 —	0	対物 —	0
速 —	0	対精 —	0
命 —	0	対呪 —	0

【称号】なし
【スキル】『悦覧者《アーカイブス》』

復讐過程　その2　スタート直後の苦しい時期とかいらない

「さて……」

僕達がこの世界に来てから、一ヶ月が過ぎた。

僕達はこの世界に召喚された直後から、王国に保護をされ養ってもらっている。

正確には保護をしてもらっているのは勇者の鳳崎とその取り巻きの三人だけで、僕は鳳崎に追い出されたわけなのだが。

王国に保護されて数日後に「わかるか？　選ばれたのは俺らだけなんだよ……　お前はどこに行ってもカスなんだ」と言って僕だけ蹴り飛ばして追い出した、鳳崎の素敵な笑顔を、僕はきっと生涯忘れないだろう。

まぁ、僕も『悦覧者《アーカイブス》』の存在を隠したかったから、別にいいんだけどね……

しかし、自分で追い出しておいてわざわざ僕をいじめに来るとか、本当に彼は素敵な性格をしている。まったく、吐き気がするほどの人格者だよ、彼は。

まあいい……　そうして僕は城から追い出されたわけなのだが、その際に王国のお偉いさんから金剛貨《こんごうか》を一枚、手切れ金として貰《もら》っている。

ちなみに、金剛貨はこの世界において大体百万円くらいの価値がある貨幣だ。

正直、人ひとりの命を投げ出す手切れ金に、百万は安いのではと思うが、この場合貰えるだけましなので良しとしておく。理不尽ではあるが、無一文で放り出されそうな状況であったのだから、それを思えば大分ましである。

むしろ良いスタートと言えなくもないだろう。何せ、当面の生活には困らないのだから。

まぁ……

とにかく、こうして、いきなりの放置から僕の異世界生活は始まったわけである。


そして……


僕はそれ以降、今に至るまでの一ヶ月間、非常に簡素な生活をしてきた。

現在僕は灰銀貨《はいぎんか》一枚（前の世界で言えば千円くらい）で泊まれる、王国で一番安いボロ宿に素泊まりで連泊し、そこを拠点に生活をしている。

飯は近くの露店で果物や干し肉を買ってそのまま食べ、風呂には入らず代わりに街はずれの川で体を洗っている。

そして、それ以外は……　僕はずっと部屋に引きこもっていたのだ。

そんな生活で僕が何をしていたか。鳳崎が魔法学校に行って、戦闘術を学び、あっと言う間に90レベルまで成長した間に僕は何をしていたのか。

そう……　ずっと部屋に引きこもって、何をしていたのか？

　それは……

『悦覧者《アーカイブス》』で情報収集をしていたのだ。

『悦覧者《アーカイブス》』の使い方は非常に簡単。

　脳内でキーワードを思い浮かべれば、そのキーワードにヒットする、世界に現存する書物の文面のタイトルが脳内に羅列《られつ》されるのだ。

　そしてそのタイトルを選択すればその文面の内容が僕の脳内に表示される……つまりはネット検索と同じだ。

　ただ……ネット検索だとアクセス数が高い有益な情報の順で表示されるけど、『悦覧者《アーカイブス》』は検索した単語を、単純に多く使っている文面から順に表示していくから、情報の選別がとても大変なのだ。

　検索をした単語を多く使っているからと言って、それが有益な情報であるとは限らない。

　一つ一つ閲覧して選別していくしかないのだ。

　そして有益な情報があれば、すぐにメモ書きをする。

『悦覧者《アーカイブス》』がどんな能力か把握《はあく》するためにいろいろと試してみたのだが、この能力はただの何気ないメモ書きだろうが、国家重要機密の禁術書だろうが、漏れなく検索対象に入れる。つまりそれが書面であれば、全てがこの力の検索対象なのだ。

そして、その書類が破棄された場合……　つまりはこの世にその文面が存在しなくなった瞬間に、検索対象から除外され記録も残らない。だから、検索して手に入れた有益な情報はすぐにでもメモをして自分のものにするしかないのだ。ああ……　コピペ機能が欲しい。

ちなみにこの能力は、ありがたいことに魔力消費がない。ただ体力と精神力がそこそこ持っていかれる。

ともかく、僕はこうしてこの一ヶ月。

ありとあらゆる有益な情報を得た。

そして、ある程度の道筋を立てた。

強くなり、鳳崎を俺ＴＵＥＥＥＥするための道筋を立てたのだ。

とりあえず今後も情報収集を続けるのは、悪魔学、魔獣学、降魔術、それと契約術式だ。これらの知識は今後多分に必要になるだろう。


よし……　とりあえず、当面必要な知識は出揃《でそろ》った。

そして、ここから先はレベル上げが必要だ。いくら何でも1レベルのままでは何もできない。

鳳崎君に復讐してやることができない。

まずは30レベル。この世界の一般成人男性と同レベルになるまで、一気に上げるぞ。

必要なものは、さっき街の薬屋で買ってきた、食べると体温を高める効果があるメラリ草

（セット価格六灰銀貨）と、錬金工房で買ってきた精霊水（二リットル二灰銀貨）だ。

そして……　霧吹き。

目指す場所は僕がよく体を洗いに行くいつもの河原だ。

［名もない冒険者兼学者の文献］

一般には知られていないが、世の中には魔石虫《ませきちゅう》という魔物がいる。

この虫は王国の南方にあるアデレスト霊峰《れいほう》の上部の岩場に生息し、生涯にわたって石の中で生活するという魔物である。生涯に一度だけ青白い光と共に石中から飛び出し、子孫を残してまた石の中にこもるというなんとも不思議な生態を持つ魔物だ。そのような生態を持つが故《ゆえ》、普段は路傍《ろぼう》の石ころにしか見えない。

しかし、この魔物にはたいへん面白い特色がある。

それは異様なレベルの高さだ。

なんと、何の攻撃手段も持たず、何の防御能力もなく、普通に石を割るのと同じ要領で倒せるにもかかわらず、その保有レベルは１００を超すのだ。世界でもっとも殺害がたやすい、費用対効果の良い魔物と言えるだろう。

もっとも……

この魔石虫が生息するアデレスト霊峰上部の魔物の平均レベルは300だ……　そこまで到達できる冒険者なら、わざわざ倒す必要もない。

その上、人が所持していると二時間ほどで死んでしまうので持って帰ることもできない。

早い話……　旨《うま》い話などは、やはりないということである。

だが、アデレスト霊峰の上部、魔石虫の生息地は王国に流れるリースラス川の源泉にあたる。

もしかしたら下流のあたりに、二、三匹生息しているのかもしれないな。


…………という文献を僕は見つけた。

何と言うか、非常においしい情報である。

正直、次のレベルアップ計画に移行するためには最低30レベルは必要なのだ。

なのでそこまでは、もう地道に頑張るしかないかなぁと思っていたけど……

もし本当に魔石虫がいるとするなら、一日無駄にしてでも試す価値はある。魔石虫が100レベルを超すのなら、最低でも二匹倒すことができれば余裕で30レベルは超せるはずだ。

だが、問題はどうやって魔石虫を見つけるかである。

見た目は石と変わらない魔石虫をどうやって見つけ出すかということだ。

そこでこれ……　この霧吹きである。

魔石虫は調べたところ真性の水属性。そして、真性の水属性の魔物に火属性の加護を加えると小さくレジスト光が発生する、と、魔物学の上位教本「魔物の属性別対比論　真性と混性と変性」に書いてあった。

だから、この体温上昇の火属性加護があるメラリ草を煎《せん》じて、それを精霊水に溶かす。それを霧吹きに入れれば……　微弱な加護を含んだ即席の火属性液の完成だ。

これを河原中の石に吹きかける。上手《うま》く魔石虫にかかればレジスト光が発生するはず。

そして探し出すんだ、魔石虫を。

探し出して……　殺すのだ。

…………僕が風呂代わりに使うこの河原では、地域警備隊の日誌によると数年に一回ほどのペースで、「夜間時に青白い光を目撃した」との情報がある。

この河原は王国の領内。基本的に魔物はいない。

多分……

多分だけどそれは魔石虫の産卵《さんらん》だ。青白い光という点も一致するし、多分、間違いないだろう。

だからいる。多分魔石虫はこの河原に……　いるはずだ。

「おい、アイツ朝からずっと河原の石に霧吹きかけてるぞ?」

「何やってんだ?」

「おい……　誰か聞いてこいよ」

「いやだよ……　なんかアイツずっとニヤニヤしながらシュッシュッしてんだもん、気味悪《わり》ぃ」

「お、おい、なんか笑いながら石割って喜んでるぞ!?」

「き、きもちわりぃ」

「一人でげらげら笑ってやがる」

「いかれてるな……」

「ああ、多分気でもふれてるんだろう」

「まぁ、特に害はなさそうだし、ほうっておこうぜ」

「ああ、そうしよう……　関わらないほうがいい」


シュッシュッと河原に転がる石に向けて霧吹きをかけ続ける。

延々と延々とかけ続ける。

そして……　チカッと光る紫色の、かすかな発光。

「あああああああああ!!」

やった！

最後にもう一つ見つけた!!

僕はすぐさまその石をぐわしと握りしめ、そしてそれを地面に思い切り叩《たた》きつける。

「う……ぉぉ」

魔力が流れ込んでくるのがわかる。そして自分のレベルがまた急激に上がったのがわかる。

良かった……　僕は本当に運がいい。

もう河原の端まで来たし、日も大分落ちてきた。これ以上は見つけられないだろうし、成果としては十分だ。

ああ……　素晴らしい。四個も見つかったぞ!!

そして、レベルはなんと今日一日で一気に42レベルだ!!

「ええと……　『悦覧者《アーカイブス》』、魔法学校の成績、勇者鳳崎閲覧」

ふむ……

鳳崎は今日で95レベルか……　くふふ、一気に差が縮まっちゃったね鳳崎君。

これから僕はもっと成長するよ、それこそ加速度的に……

ああ、夢に一歩ずつ近づいている気がするよぉ。

楽しい、楽しいなぁ。

ああ、そうだそうだ。昇格値の振り分けをしないとな。

この世界は1レベル上がるだけで昇格値が一気に10貰える、なんとも太っ腹な世界だ。

そして昇格値は十項目ある各ステータスに、好きに振り分けることができる。

まぁ、普通は全部に1ずつ割り振るか、少し偏《かたよ》らせるかするみたいだけどね。

ちなみに各ステータスの内容は……

〔HP〕
ヒットポイントじゃなくてハートポイント。ダメージを受けても減るし、動き回っても減る。

普段生活するには50もあれば十分すぎるけど、冒険者になるんだったら沢山必要。

なくなると当然死んでしまう、一番大切なステータスだ。

ちなみに昇格値1を割り振るとHPが10上がる。
〔MP〕
これはそのままマジックポイント。スキルを使うと基本的にはこれが消費される。

僕の『悦覧者《アーカイブス》』みたいに例外もあるけど。

ちなみに昇格値1を割り振るとMPが3上がる。

〔力〕
簡単に言って筋力だ。でもいろんな文献を見て察するに、体の基本的な丈夫さも上昇するらしい。筋力に見合うだけの肉体をってことなんだろう。
まぁ、確かに力だけ上がっても、それに耐えられるだけの肉体がなければ、十分に力を発揮できないからな。
〔魔〕
魔法の攻撃力だ。同じ魔法でも、この数値が高いとほぼ別の次元の魔法になる。
魔法の運用効率とか、詠唱《えいしょう》の速さとかもこれで変わる。
〔速〕
スピードだ。これは筋力的な速さではなくて、スピード補正に近い概念だと思う。
この数値が高いと、単純に全ての行動が速くなる。
反応速度とか、斬撃《ざんげき》とか、魔法の発動とかも速くなる。
〔命〕
命中力だ。これが高いと命中補正が高くなる。敵の捕捉《ほそく》能力とか視力とかも上がる。
〔対魔〕
この世界の全ての生物に備わっている、対魔法防御フィールドがあるらしい。
それは皮膚に重なる形で存在しているらしく、このバロメーターはその強度を表すようだ。

〔対物〕
同じく全ての生物に備わっている、対物理防御フィールドがあるらしい。
これも皮膚に重なる形で存在しているらしく、このバロメーターはその強度を表すようだ。
〔対精〕
精神攻撃に対する耐性だ。
〔対呪〕
呪いに対する抵抗力だ。

とまぁ、こんなところだ。

ちなみにステータスは筋トレとかで昇格値が発生することはない。だけど、そういう鍛錬が無駄ということではなく、それらがちゃんと身になれば『筋力＋1』みたいな感じでスキル補正として習得されるようだ。

まぁ、僕は筋トレ嫌いだからしないけど。


よしじゃあ早速……

42レベル分の昇格値を割り振ろうかなぁ……　うん。

STATUS

御宮星屑 GOMIYA HOSHIKUZU

Lv 42

種族 — 人間
装備 — なし
HP — 20 / 50
MP — 10 / 10

力 —	210	対魔 —	0
魔 —	0	対物 —	0
速 —	0	対精 —	0
命 —	210	対呪 —	0

【称号】なし
【スキル】『悦覧者《アーカイブス》』

復讐過程　その3　人の迷惑をかえりみることの必要性

42レベルだ。

つまり30レベルを超えた。

そしてそれはある魔法が使えるようになったことを意味している。

その魔法とは……　『使い魔の儀』だ。

それはこの世界にいる人間であれば、30レベルを超えさえすれば誰しも扱《あつか》える魔法である。

その内容は、その名のとおり使い魔を得るための儀式魔法である。

やり方は簡単。

自分よりレベルの低い魔物に触れながら、「共に歩もう悠久の時を」と唱えるだけ。

それだけでこの魔法は成立する。

それだけで、その魔物を支配下に置き、従わせることができるのだ。

そして生涯の友とするのだ。

ただし、この魔法は一生で一回しか使えない。しかも替えは利《き》かない。一度パートナーを決めたら変えることはできない。

魔物の寿命も主人に依存する形でリンクするので、本当に一生を共にすることになるのだ。

そのため、一般人は適当な馬とか犬とかの扱いやすい魔物を使い魔にするが、冒険者や騎士など戦うことを目的とする仕事に就《つ》こうと考えている奴は、箔《はく》づけのため強い魔物を従えようとする。

そして、一度しか契約できないので当然ではあるが、潜在能力が高い人間は自分の成長限界まで使い魔契約をしない。勇者である鳳崎なんかは、よっぽどのモンスターでなければ契約を行使しないだろう。

まぁ、とにかく、この世界の人間は30レベル以上になると使い魔を得られるってことだ。だからこそ、この世界の一般人の平均レベルは30なのだろう。どうやら、使い魔を得たら一人前という風潮もあるようだ。

さて……

そこで、42レベルになった僕が何を使い魔にするのか……

42レベル程度では、大したモンスターと契約はできない。

そんな中で、僕は何と契約をするのか？

それは、これから買いに行く。

「こんばんは」

僕は謎の鍋がぐつぐつと音を鳴らす、薄暗い店内へと入る。

ここは錬金術の工房。僕が昼に精霊水を買いつけた店だ。

「いらっしゃい……　おや…　昼のおにいさんじゃないか……」

店の奥から薄気味悪いお姉さんが出てくる。

口元からは鋭い犬歯《けんし》が生え、片目にはモノクル、銀色の髪に黄金色の瞳……　明らかに普通じゃない雰囲気のお姉さんが現れたのだった。

ちなみに昼に話を聞いたところ、犬歯はつけ歯、モノクルは伊達《だて》、髪は特殊な染料で染め、金色の瞳はそういう偽装魔法らしい。なんだか、その中二臭さに好感が持てるお姉さんだ。ある意味好みのタイプである。

「あ、お店まだやってますか？」

「ああ……　私の店は十二時までやってるよ、ウチの顧客は夜型が多いからね」

ふむ、仕事熱心なのもポイントが高い。

「良かった……　ところでウォータースライムって売ってますか？」

「ああ……　残念だ、申し訳ない……　今丁度《ちょうど》ウォータースライムは切らしていてね、シーソルトスライムならいるのだが……」

「ああ、じゃあシーソルトスライムでいいです、ついでに精霊水を五リットルとミカトル草とリンジカド鉄粉《てっぷん》、それに浄化石《じょうかせき》とポーションにクラロドル岩塩《がんえん》を下さい」

僕は店内をざっと見回して商品を確認すると、お姉さんにそう言う。

「ほう……　ミカトル草とリンジカド鉄粉か……　君、シーソルトスライムを加工してウォータースライムを作るつもりだね？　若いのによく知っている……　感心するよ」

お姉さんが黄金色の瞳をにいっと細め、少し不気味な笑顔でそう言う。

ああ、なんだろう……　この若干《じゃっかん》マッドな感じ、嫌いじゃないかも。

「ふふふ、私は君が気に入った……　サービスするよ……　一黒銅貨《くろどうか》（一円相当）おまけしてあげる」

「ありがとうございます、ではまた……　何かあればまた、ここに買いに来ます」

「どうぞ……　ごひいきに」

僕は袋につめられた商品を受け取り、そしてお姉さんに微笑《ほほえ》む。

お姉さんもそんな僕に、口を三日月にゆがめた微笑で返すのだった。

うん……　不気味可愛《かわい》い。なんとなくいいものが見られたな……　今夜も頑張れそうだ。

「あ、ちょっと待って……」

「はい？」

帰ろうとする僕をお姉さんが呼び止める。

そしてお姉さんは、つけ歯を外して僕に手渡した。

「お近づきの証《しる》しに、あげる……」

彼女はまた……　にぃと笑う。

「ありがとうございます、大切にします」

僕はそのつけ歯をその場でつけてそう言い、立ち去ったのだった。

……ふふ、これはある種間接キスじゃないか。

さて……

宿屋に戻って早速ウォータースライムを作るとしよう。

そしてそのウォータースライムをさらに加工して……　僕はアレを完成させる。

くふふ……　実に楽しみだなぁ。

[シュトレーゼ・セイムルの楽しいスライムレシピ♪]
さて、やってまいりました！　シュトレーゼ・セイムルの楽しいスライム作りのお時間でっす♪
今日はシーソルトスライムをウォータースライムにか・え・チャ・う・ぞ♪
やり方は実に簡単！

まずシーソルトスライムを用意します！

そして、これにリンジカド鉄粉を優しく優しく塗り込みます！

そうですね！　ざっと五時間くらいです！

あ！　スライムに皮膚が溶かされちゃうからグローブをこまめに替えるのを忘れちゃだめですよ？

まぁでも、スライムへの愛があればできますよね！　楽勝ですよね！

ちなみにリンジカド鉄粉は強力な地属性と火属性を含んだ素材でっす！

それがシーソルトスライムの変性水属性を相殺《そうさい》して属性薄弱《はくじゃく》の状態にするんですよ？

そ・シ・て♪

五時間揉《も》み込《こ》んで属性薄弱なあいまい属性になったシーソルトスライムを、煎じたミカトル草を溶かした精霊水に漬け込みます！

ミカトル草は真性の水属性なので、属性効果を上げる精霊水に沢山溶かし込むと、強水属性の液体になりますね！　そんな強水属性に属性薄弱のシーソルトスライムを漬けておくとどうなるでしょうか!!　そう！

シーソルトスライムの水系適応が働いて、真性水属性のスライムである、ウォータースライムになっちゃうゾ♪

みんな！　試してみ・て・ネ！

……と、書いてありました。

ちなみにシュトレーゼ・セイムルさんは、彼の隣人の日記を『悦覧者《アーカイブス》』で見たところによれ

ば、錬金術工房経営者兼学者で、現在四十歳のガチムチなオッサンらしい。

なんでもいつも着ている魔術ローブがパッツパッツでタイツのようになっているのだとか。

うん……　いつかお目にかかりたいものだ。なんとなく、仲良くなれそうな気がする。

まぁ、とにかくシュトレーゼ・セイムルさんのスライムに関する研究資料はどれも秀逸なも

のばかりだ。このふざけた文体のせいで学会には全く認められていないが、内容はとても素晴

らしいのだ。

そして……　こちらがその、強水属性の液体に三時間ほど漬け込んで完成したウォータース

ライムでっす。

元来、ウォータースライムは本当に水が綺麗《きれい》なところでしか発生しないため、天然ものを手

に入れるのは少し難しいらしい。購入せず自作するのはすごく手間だったが、購入価格が高価

だった場合、どのみち創るつもりだったので問題はない。

人工もののウォータースライムは、天然ものに比べて含有《がんゆう》魔力量が極端に低いから素材には適さないけど、僕が必要なのはこのウォータースライムそのものなので問題はない。

さて……　ここからが本番だ。

シュトレーゼ・セイムルさんの極秘文献。スライムの変態について研究している彼の研究の集大成。

それは…………　「イノセントスライム」への変態だ。

まず全スライムの中で一番不純物がないとされているウォータースライムにクラロドル岩塩を細かく砕《くだ》いて塗り込む。

スライムの変態の基本は「愛と一緒に塗り込むこと♪」とはシュトレーゼさんの言葉だ。

とにかく塩を塗り込む。

ぬりぬり、ぬりぬり……

三時間くらいぬりぬりぬりだ。


「よし……」

目の前の箱の中のウォータースライムがすごく小さい。

クラロドル岩塩の塩分と地属性の加護で水分と水属性が抜け切った、きわめて「素」の状態に近いスライムだ。

そしてこれを、一時間前から浄化石を入れて完全にクリアな状態にした精霊水に入れる。

そしてそこからさらに一時間待つ。

ふむ、眠いな………　ちょっと寝るか？

いや、精霊水に漬けすぎるとウォータースライムに戻ってしまうとシュトレーゼさんのレポートには書いてあった。スライムが透明に輝く一瞬を見逃してはならないとも書いてあった。

これは、寝ている場合ではないな。

よし、ここは薬学《やくがく》の勉強ついでに作った興奮剤を飲もう。味が牛乳とコーラを混ぜたような感じの、あのくそまずい興奮剤を……　おぇ。

ふむ………　おお、効いてきた。

効果がありすぎて、なんだかムラムラする。むぅ……　まあいい、興奮してるのは間違いない。とにかく今夜は徹夜だな。

「ぉ……　おお……」

僕は目の前にあるこぶし大の綺麗なスライムを見つめる。

ぷるぷるとして透明でキラキラと輝くスライム……

「これが……　イノセントスライムか……」

そう、これがイノセントスライム。

それは各種スライムがごく稀《まれ》に、突然変異的に産む属性なしのスライムだ。

無属性ではない、属性がないのだ。

だがこのイノセントスライム自体は十分もすれば周りの環境に適合し、すぐに何かしらの属性を獲得してしまうので、自然界でお目にかかることはまずない。

そんなイノセントスライムであるが……　その特徴として、ものすごく弱い点が挙げられる。

スライムは基本的に全種が個体では弱いのだが、その中でもイノセントスライムは群を抜いて弱い。どれくらい弱いかと言えば、デコピン一発で屠《ほふ》れる程度には弱い。攻撃すればあっと言う間に死んでしまうのだ。

まぁ、その分優れた点が一つあるのだが……

基本的に……　そんなに弱いスライムと使い魔契約をしようなどという奇特な人間はいない。

それはそうだろう。なんて言ったって一生のパートナーなのだから。誰だって、役に立つ相棒が欲しいに決まっている。

だけど僕は、あえてこれと契約する。

この最弱の魔物……　イノセントスライムと、一生で一度の契約をする。

こいつを生涯のパートナーにする。

こいつと契約をして……　こいつをイノセントスライムのまま、固定するのだ。

スライムと契約した人の日記によれば、使い魔の儀を施《ほどこ》したスライムはその状態で固定され変態をしないらしい。

くふふ……　楽しみだなぁ。

こいつは……　無限の可能性を秘めている。

「よし……」

僕はグローブを外してイノセントスライムに直接触れる。

少し熱い。どうやら僕の肌を溶かしているみたいだ。

くふふ……　いいね、上等だ。

『共に歩まん悠久の時を』

僕は呪文を唱える。

するとすぐに輝き始める。僕と、イノセントスライムが契約式により輝く。

うん……

手が熱くなってきた。どうやら僕を溶かすのをやめたみたいだな。

こいつは基本レベルが1の魔物で僕は42レベル。支配関係が強く働いているようだ。

「さて……」

僕はイノセントスライムを持ち上げる。そして頬《ほお》ずりをする。

うん、ひんやりとして気持ちいい。

スライムのほうも僕に擦《す》り寄ってきてくれている気がする。多分こいつに知能はないから気のせいだけど。

よし……　こいつの名前はイノセントスライムだから、イノスでいいかな？

「くふふ……　イノス」

さあ次のレベル上げだ。

イノス、君にはいろいろと頑張ってもらうよ…………

「そうだな、まずは…………」

腐食《ふしょく》の森を喰《く》ってもらおうか。


【ある冒険者の手記】

今日は面白いことがわかった。

その面白いことというのは、俺のスライムについてのことだ。

俺はスライムをパートナーにしている。

俺の家系は代々冒険者なのだが、なぜか全く回復魔法が使えない。だがその代わり、薬草を食わせたグリーンスライムをパートナーにして傷口に塗るという一族の秘術があるのだ。

そのグリーンスライムに関してのことなのだが……

ある日俺は森に入って狩りをしていた。そしてその途中で薬草の群生地を見つけたので、いつものようにそれをスライムに食わせて薬草を取り込ませていた。

しかし、その時ハンバルトタイガーが現れたんだ。

奴はかなり強い魔物だ。だから俺は奴の姿を見るなり、一目散《いちもくさん》に逃げた。

薬草を食べていたスライムを置いてだ。

もちろん、そのスライムは俺のスライムの分裂体なので置いていっても安心だ。本体は俺のポケットの中にいるのだ。スライムは他と違ってこういうことができるから便利だ。

とにかくその日は無事に逃げ帰った。面白いことがあったのはその翌日だ。

俺はまたその森に狩りに出かけた。すると、この森にはいないはずのフォレストスライムがいたんだ。

フォレストスライムはグリーンスライムの上位混成種だ。

だから俺はピンと来た。ああ、これはあの時置いていったスライムが運よく生き残って進化したんだと。そしてそのスライムは、俺に気づくと俺の下《もと》に寄ってきたのだ。攻撃をしないところを見ると、どうやら種類が変わっても、俺のスライムの分裂体である以上『使い魔の儀』の支配が有効らしい。

とにかく、こうして俺は……　グリーンスライムとフォレストスライムの二種類のスライムを使い魔にすることができたのだ。

これはとても面白い発見だ。これを応用すれば、もしかしたらフィールドスライムやクレイスライムも使い魔にできるかもしれないぞ。

この文献からわかることが三つある。

1　スライムは分裂させることができて、その分裂した別個体も同じスライムとして支配下に置くことができる。

2　分裂後の別個体スライムは契約したスライムでありながらそうでないグレーな存在であり、そのため契約時の属性で固定される本体のスライムとは違い、状況によって変態する。

と、そういった文献があった。

3　変態して種別が変わったスライムでも、元は同じスライムであるため使い魔としての支配下に含まれる。

……と、いう三点である。

そして、それを踏まえて言おう。

僕のこのイノスは最強であると。

イノス……　弱いスライムの中でもさらに最弱のイノセントスライムだが……　ただ一つ、他のスライムにない優れた能力を持っている。

それは、どんな環境下であっても適応し変態するという凄《すさ》まじいまでの適応能力だ。

戦意がこもった「攻撃」であればどんなに弱い魔法でも攻撃でも、泡のごとく砕け散るイノセントスライム。

だが、それがただの「環境」であれば瞬時に適応するのがイノセントスライムなのだ。

つまり……

使い魔の儀で固定したイノセントスライムをベースに持ちながら、分裂体をあらゆる環境下に送り出せば……　僕は全種のスライムのみならず新種のスライムだって生み出すことができるのだ!!

文献の冒険者は、ベースがグリーンスライムだったから、せいぜいフォレストスライムやダークグリーンスライム、フィールドスライムくらいにしか変態しないのだろう。

だが、全てのスライムの原点たる僕のイノセントスライムは何にでもなれる……　つまり無限だ。

くふふ……　最強だ。

いや、まあ所詮《しょせん》はどこまでいってもスライムだから強くはないんだけど……　でもその汎用《はんよう》性《せい》は恐ろしいまでに広い。あらゆる状況に対応できるというのは単純に凄《すご》いのだ。

そして僕は、あらゆる種類のスライムを手に入れて、そして……

くふふ……　それをあれに使うのだ。

まぁ、ともかく今はレベル上げだ。

ひとまず少し寝てから、そのあと場所を変えるとしよう。

「ふぁぁ………」

僕は五時間ほど寝てから、王国の西の城門へと向かった。

もうすっかり日が高い。僕は西の城門の門番に身分証を提示して外へと出てゆく。

ちなみに身分証は僕に金剛貨をくれた王国のお偉いさんがその時ついでにくれたものだ。

鳳崎が僕だけ追い出すと言い出したとき、あっさりそれを了承した血も涙もない人だけど、その点には感謝すべきだな。おかげでいろいろと手続きが楽だ。

さて…………薬局で買った対毒薬を飲んでから、目的地に進むとしようか。

この西門付近には魔物がいない。だから、防御系のステータスが1レベルと変わらない僕でも危険なく出歩くことができる。この高級対毒薬を飲んで、数時間だけの話ではあるが。

うん……　肌がぴりぴりしてきた。毒素が漂ってきてる。

ふむ…………　あれが腐食の森か。

腐食の森。

それは、文字どおりの腐った森である。いや、正確には全てを腐らせる強力な瘴気《しょうき》や呪力を帯びた木々が群生する森だ。

吐き出す呼気《こき》や樹液、花粉にいたるまで……　ここに生息する草木の全てが悪臭を放ち、毒素を持ち、腐敗を急速に促進させる。

そういった、魔物ですら住むことも近寄ることもできないとても危険な森なのである。

まぁ、この森が魔よけになっているおかげで王国の西側は安全を保っているわけなのだが。

また、王国自体は西方に対毒結界が張ってあるため、ある程度離れているこの森の毒素には干渉されないらしい。

とにかく……

この腐敗の森の中では、この森固有の腐敗植物以外は生息できないとされている。

もちろん……

このありとあらゆる「環境」に適応することができるイノセントスライムを除いてだ。

そして、この森にイノセントスライムが生息したことはかつてない。

なぜならイノセントスライムが発生するには、まず何かしらのスライムがここで生息し、そして突然変異しなければならないのだから。

だが……

この森に生息できるスライムはいない。

フォレストスライムだって朽《く》ち果てるし、ポイズンスライムだって腐り落ちる。普通のスライムではここに順応するどころか近寄ることすらできないのだ。超適応能力を持つイノセントスライム以外のスライムは、存在を許されないのだ。

つまり……

僕のようにイノセントスライムを直接持ち込むしか、この腐食の森にイノセントスライムを
……　つまりスライムを生息させることができないのだ。

「さぁ、イノス行ってきな」

僕は森にある程度近づくと、イノスをそっと地面に置く。

するとイノスは地面をゆっくりと進みながら森へと向かっていく。

そして森の手前で一回だけ分裂すると、また僕の下へと帰ってきた。

これだけレベルの差があれば、些細《ささい》な命令など思いのままだ。知能のないスライムの操作なんてたやすい。

もちろん、それは分裂体への遠隔操作であってもだ。

「さぁ帰ろうイノス」

僕はイノスを持ち上げて、そして来た道を戻る。イノスはぷるぷるとしていて相変わらず可愛い。

さて……

宿屋に帰って、スライムの操作の練習でもしようかな？

くふふ……　腐食の森、いったいどのくらいで落ちるかなぁ？

［レベルアップにおける根幹生命魔力の移行についての考察　第三章　最終節　シュベルト・ローレマン］

…………であるため、レベルアップとは対象を殺害することで起こる現象であると私は決論づける。

これは第二章の二節「生命奪取《だっしゅ》の際に起こる敵対当事者間での魂の干渉」で説明した、殺害者と殺害対象の間に起きる魂の干渉時に、魂に元より備わる「クラフトロ機構」が働き殺害対象の根幹生命魔力を殺害者が吸収するためである。

つまり殺害者は他者の根幹生命魔力を吸い取ることで、自らの根幹生命魔力を増加させるのである。

そして根幹生命魔力が増加を続けると、やがて許容量を超える。

許容量を超えると、「チャクラ霊幻質《れいげんしつ》」を持つ人の魂は「スピリタス効果」を発生させその許容枠を増加させる。

この許容枠の増加こそがレベルアップであり、それによる行動限界の延長こそが昇格値なのである。

補足としてこの根幹生命魔力の奪取は一般的には魔物を倒した際にしか発現しない現象とされているが、それは誤りであり、対象が魂あるものであれば全てにおいて起こる事象である。

つまり、対象が人であれ、植物であれ、殺害という行為を行えばレベルアップ効果は発生するということだ。

——中略——

…………しかし、植物を対象とした場合、植物はそもそも根幹生命魔力の保有量が乏《とぼ》しいため、レベルアップを目的とした場合の費用対効果は極めて低いとされる。

と、いう論文があった。

ちなみにこのシュベルトさんの論文は、その内容に「人を殺してもレベルアップをする」という旨《むね》が書いてあるため、学会に危険視されてお蔵入りになったのだとか。とは言え、「人を殺してもレベルアップをする」という情報自体は、知ってる人は知っているようだ。一応そこは倫理的にタブーということなんだろう。

まぁ、それはそれとして、今回僕にとって重要な情報はそこじゃない。この「人であれ、植物であれ、殺害という行為を行えばレベルアップ効果は発生する」という一文の、植物を殺してもレベルアップが行われるという点だ。

そう……　何の抵抗もしない植物を殺してレベルアップができるのであれば、それほど楽なことはない。

だが……　もちろん、世間はそんなに甘くはない。

この論文でも「植物はそもそも根幹生命魔力の保有量が乏しく、レベルアップを目的とした場合にその費用対効果は極めて低い」とあるように、植物を倒しても得られる経験値（根幹生命魔力）は微々たるものなのだ。それこそ、何年か植物を刈《か》り続けてようやく1レベル上がる程度なのだ。


だけど……

だけどもし……

もし、その対象とする植物が、強力な呪力を帯びた植物だったら？

もし、その対象とする規模が巨大な森一つ丸ごとだとしたら？

だとしたら……　どうなる？


くふふ……

この世界の使い魔には、素晴らしい能力がある。それは「経験値譲渡《じょうと》」と呼ばれる能力だ。

そしてそれはつまり……　説明するまでもなく、使い魔が対象を倒して得た経験値を主《あるじ》に譲渡する能力のことだ。

契約によって繋《つな》がっている呪術ラインを通して主に経験値を……　つまりは根幹生命魔力を

送るのだ。

そう……

ここまで言えばわかるだろう。

僕は腐食の森に適応した、イノスの分裂体に……　腐食の森を丸ごと喰わせているのだ。

「くふふ……　くふふふ」

スライムは元来、環境を破壊するようなことはしない。自身が生息する森を根絶やしにするような真似《まね》はしない。周囲の環境と共存して生息するのがスライム元来のあり方だからだ。

だけど、今腐食の森にいるスライムは僕の支配下にいるスライムだ。僕の命令とあらば、周りとの共存なんて気にはしない。思うがままに、ただただ周囲を溶かし喰らう僕の下僕なのだ。

僕が今、あのスライムに命じているのは二つ。

とにかく周りを喰らうことと、とにかく増殖すること。その二つだけだ……

その命によりまったく天敵のいないあの森の中で、際限なく喰い続け際限なく増え続ける僕のスライム。

この無限の侵略をもって、さぁ……　いったい何日で落ちるかなぁ。

そして……　僕はいったいどれだけレベルが上がるのかなぁ。

「くふふ……」

あぁ、笑いが止まらないよ。

一週間、僕は家に引きこもった。

ずっと家でスライムの研究をしていた。

あとは、趣味のダーツを投げナイフに変えて遊んだりしていた。

ぐだぐだとしたり、イノスをつついてぷるぷるさせたりしながら一週間を過ごした。


「くふふ……　いやぁ、凄いことになってるなぁ」

あれから一週間経《た》った。

そして僕は今、西門を遠くから眺めてニヤニヤとしている。

西門は今、魔法学校の関係者や冒険者、騎士団などの戦闘職がひしめきあって、てんやわんやだ。

「うあああああ!!　た、大変だぁ!!　本当に腐食の森がなくなってるぞぉ!!」

「な、なんでだあああああ!!　一週間前はちゃんとあったんだぞ!?　なんでこんなあっと言う間に消えてなくなるんだよぉ!!」

「やべぇよ!!　おいぃ!!　魔物が沢山はびこってやがるじゃねぇかぁッ!!」

「くっそぉ!!　西側は腐食の森があったから……　全く間引きしてなかったから!!」

「と、とにかく退治するしかねぇ!!　少しでも数を減らさねぇと王国内に入ってきちまうぞ!!」


……………うんうん。

やっぱり自然破壊はいけないよね?

ちょっとやりすぎちゃったかな?

これ、生態系狂うレベルの話じゃなかったね。

今まで近寄ってこなかった西側の魔物が、一気に王国に押し寄せてきているみたいだ。

いやぁ……

大変だなぁ（他人《ひと》ごと）。

「うん…………　ごめーんね！」

僕は西門に向かってぺこりと頭を下げる。

だって、仕方ないよね?

めんごめんご、後先考えてなかったよ。

もうしないから許してよ……　ね？

「さぁ、飽きたし帰ろうかな…………………」


って…………………　ぅん!?


「おう、ゴミクズじゃねぇか」

「ぐぇぇぁ!?」

振り返るとそこに鳳崎がいた。そして僕が振り向いた瞬間に僕の腹を思い切り蹴《け》飛《と》ばす。

僕はそれに対し、大げさに叫んで地面に転がってみせる。

まぁ……　正直な話、僕の今の力の数値はかなり高いため、体の丈夫さも半端ない。ぶっちゃけ、力だけで言えば鳳崎君より遥《はる》かに高いところにあるので、あんま痛くないのだ。

まぁ、鳳崎君はまだ115レベルだもんね？　いくら勇者補正が沢山あるからと言っても、平均的に昇格値を割り振ってる君じゃあそんなものだよね？

「うっは！　こいつ転げ方マジキモい！　超ウケル」

「相変わらずゴミクズらしい、クズな格好だな」

「…………………」

南城が僕を指差して笑い、木島が僕の頭をジャリと踏みつける。

……………………ここのつさんは何でいつもじっと、僕のことを見ているんだろうか？

なんか僕したかな？

「よぉ、元気だったかよゴミクズ、しばらくお前を見なかったから心配してたんだぜぇ？」

鳳崎が僕の背中をグリグリと踏みつけてそんなことを言う。

あぁ……　どうせならもうちょっと右のあたりを踏んでくれるとありがたいな。メモの取りすぎで凝《こ》ってるんだよ、そのあたり。

「俺さぁ、お前がいない間に100レベル超えちゃってさぁ……　まぁお前みたいなクズには一生辿《たど》りつけない域なんだけどな？」

そうだね、僕も100レベル超えるのに一ヶ月もかかっちゃったよ。

奇遇だね。

「お前は今なんレベル？」

「さ、3レベルですぅぅぅ!!」

まぁ、下一桁《しもひとけた》はね。

「ぎゃははぁ!!　まじかよ!!　一ヶ月かかって3レベル!?　マジくそじゃんお前!!」

何を言ってるんだ君は。

普通の人は、超頑張っても一年で5レベルくらいしか上がらないんだぞ？

まったく、これだから世間知らずの馬鹿は……　ほんと殺してぇ。

「ま……　お前も頑張れよな、お前だけのゴミクズ人生をさぁ!!」

「ぐぎゃあああああばぁ!!」

鳳崎が僕の頭をサッカーボールのように蹴り飛ばす。

ちょ……　お前それ普通の人だったら首折れるよ？　馬鹿じゃないの？

「じゃあ、俺は魔物討伐《とうばつ》に行くからよ……　忙しいんだよ、お前と違ってな」

「じゃあね、ゴミクズ！　次会うときはちゃんとゴミ箱にいなよ！　あははっ！」

「ちょ……！　南城さん、今のうける！」

そして鳳崎が僕の頭に唾を吐いて立ち去る。

それに金魚のクソのように付いていく、南城と木島。

ふぅ……　行ったか。

ああ……　しかし鳳崎君は本当にムカつくなぁ。

いっそ、今この場であいつの頭を砕いてやろうか？

……後ろから飛びついて、奴の首を引きちぎってやろうか。

腐食の森を丸ごと飲み込んで出来た、この新しいスライムもいるし……　なぁ。

「………………やめた」

今この場で殺すのはもったいない。

とてももったいない。

もっと……　もっとだ。

こんなレベル差じゃだめだ。

もっともっと絶望的なまでの差をつけて……　そしてあいつをめちゃくちゃになぶり殺すくらいしないと……

気が済まないよね？

うん。

よし……　憎しみ貯金、憎しみ貯金と。

くふふ……　満期が楽しみだなぁ。

「…………………………」

ん？

おお……　何だ？

ここのつさん、まだいたのか。

何か僕に用がある…………　のかな？

「……………………ばいばい　…………またね」

ここのつさんは僕と目が合うと、無表情のまま小さく手を振り、そしててくてくと去って行ったのだった。

…………何なんだ？　あの人？

相変わらずよくわかんないな。

まぁともかく……　だ。
もっと、もっとレベルを上げよう。
足りない。
全然足りないよ。
「153レベルじゃあ全然…………」
この憎悪《きもち》には……　見合わない。

STATUS

御宮星屑 GOMIYA HOSHIKUZU

Lv 153

種族 — 人間
装備 — なし
HP — 45 / 50
MP — 10 / 10

力 —	765	対魔 —	0
魔 —	0	対物 —	0
速 —	0	対精 —	0
命 —	765	対呪 —	0

【使い魔】イノセントスライム／ミッドナイトスライム
【称号】なし
【スキル】『悦覧者《アーカイブス》』

復讐過程　その4　女の子を遠くから見つめるのは男のたしなみ

さて、とりあえず次のレベルアップ計画に移行する準備は整った。

では、いよいよ始めようか……　次のステップ、魔物退治を。

……っとまぁ、それをやる前にはまだ少しだけやることがある。

それは……　この体に慣れることである。はっきり言って僕はまだ、急激にスペックの上がったこの体に感覚が付いていけてない。つまり、持てあましているのだ。これから魔物退治を始めるにあたって、これでは少し心もとない。

なので、この急激に強くなった僕の体を、僕自身が使いこなす必要がある。つまり、特別な適応訓練をしなくてはならないのだ。

とは言え、力のほうは全力でぶっ放《ぱな》せばいいだけなので、さほど難しくはない。

しかし、命中のほうはそうはいかない。何かに攻撃を命中させるという作業には、直観的な反射感覚と、その感覚に対応できるほどの高速緻密《ちみつ》作業が必要になるからだ。

高ステータスの命中パラメータを持つ僕の肉体には、それらのスペックが備わっているはずなので、僕はそれを上手く引き出せるようにならねばいけない。命中の感覚を体に馴染《なじ》ませなくてはいけないのだ。

「よし、イノス……　頑張ろうな」

「………………………」

僕がそう言うと、肩に乗っているイノスはぷるぷるとするだけで、何も言わなかった。

まぁ、相手はスライム……　そりゃ、そうだ。

「うぉぉ……　高《たか》ぁ」

僕は今、王国内にあるヘブラスカ展望台にいる。

この展望台は王国絶景百選にも選ばれるほどの景観を持ち、王国内有数の観光名所として知られている。展望台は数あれど、この展望台は他と比べ、その高度が一線を画している。足が震えるほどの、軽くやばい高さである。広い王国内において、この展望台より高い建造物は王の住むセイグリット城しかない。

つまり、一般人が見ることができる最も高い風景……　それがこのヘブラスカ展望台なのである!!

…………って「王国ガイドブック～彼女と二人で楽しむ小旅行編～」に書いてあったのを『悦覧者《アーカイブス》』で見ました。

ふっ…………　彼女か。

いいよ、僕にはイノスがいるから。

ね？　イノス？

「…………………………」

イノスはぷるぷるとしているだけだ。うん、だよね、僕も愛してる。

まぁ、それはそれとして、僕がこんな高いところに来たのにはもちろん理由がある。それは、この765もある命中のステータスを使いこなすためだ。ここで特訓し、僕が持つ高レベルの命中感覚を、正しく体に馴染ませるためなのだ。

まぁ、本当は特訓なんてしなくても、これだけ高い命中ステータスであれば、標的に「なんとなく」集中するだけで高い命中補正を得ることができる。

だが、漠然と標的に狙いを定めるのではなく、命中のステータスに元来備わっている補正効果を正しく意識して使えば、より高い命中効果を発揮することができるのだ！

……って「命中補正と私」というエッセイ交じりのちょっとアレな書物に書いてありました。

ちなみにその本を書いた人は、王国一の弓の名手で内容自体は優れたものだ。

そしてその「命中補正と私」によると、命中補正とは大きく分けて三つに分類できるらしい。

それは、遠視補正、捕捉補正、弾道補正の三つ。

遠視補正とは、遠くのターゲットを正確に見据《みす》えるための視力強化。

捕捉補正とは、動くターゲットを視界に収め続けるための反応強化。

そして、その弓の名手さん曰《いわ》く、一番大事な補正効果が弾道補正。

弾道補正はなんと、「命中した」という結果を作り出すための補正効果であり、つまりは発射した攻撃がターゲットに「当たる」よう弾道が補正されるという超常的補正効果なのだとか。

まぁ、弾道補正に関しては、他二つの補正に比べ、そこまで強い補正効果は働かないらしい。

だが、僕ほどの高ステータスともなれば、その微細な補正効果も馬鹿にはできないだろう。

よし、それじゃあまず、手始めに遠視補正の特訓をしよう。

さて、頑張ろうな、イノス？

「…………………………」

うん、ありがとうイノス。僕は頑張るよ。

「よし、始めるか」

僕は展望台から身を乗り出し、そこから眼下の風景を見つめる。

そして、遠くを……　より遠くを見ることを意識し目を凝らす……

そして……　そのままぼーっとしながら風景を見続ける。ざっと、五時間ほど。

ん……　ん？　うん！

よし……　大分遠くまで見えるようになったな。何となくコツがわかってきた。

何と言うか、目の奥に力を入れるような感じで、視線を遠くに飛ばすような感覚で遠くを見ると……　視界がズズって感じで奥に広がっていく。うん……　多分これが遠視補正を意識するってことなんだろうな。

「よし、もうかなり遠くまで見られるぞ……………………………　ん？」

ん？

あれ……？

これ、なんか……　あれ？

なんかさっきより簡単に、いろんなところにピントを合わせられるようになってるな。

なぜだ？

今までは見ようと思った地点に「進んでいく」感じでピント調整してたけど……

今は見たいと思った地点に「飛ぶ」感じて、すぐにピントが合わさる。

あ、なんかこれ面白い。いろんなところがすぐに見られる。なんか凄いな。

「……………………………………あ、まさかこれ」

僕は目を瞑《つぶ》って、頭の中でステータス画面を思い浮かべる。

すると、頭の中に僕のステータスが表示された。

【スキル】『悦覧者《アーカイブス》』『万里眼《ばんりがん》（直視）』

あ………　やっぱりだ。

スキルが増えてる。

えっと『万里眼《ばんりがん》（直視）』か……

『悦覧者《アーカイブス》』で調べてみよう。

えーと……　ふむふむ。

千里眼系のスキルで遠くの情景を瞬時に捉《とら》えることができるようになる。

万里眼（直視）は千里眼（直視）の上位スキルで視界がより広く遠く深くなっている。

千里眼（心眼《しんがん》）系とは違って透視はできない。

ただし（直視）タイプは（心眼）タイプと違って目を瞑らずとも発動できるため、通常の視界をそのまま拡張させるように発動できる………　なるほど。

ふむ……　高ステータスで遠視を行った結果、遠視スキルの熟練度が急激に上がったってことかな?

えっと、うん、まぁあれだ……　計画どおりだな?

よし……　まぁ、この調子で捕捉補正と弾道補正の特訓もさらっとこなすか。

今日中に全部終わらせてしまおう。

よし、頑張るぞ。一緒に頑張ろうな、イノス？

「……………………………………………………………きゅ……」

イノスは相変わらず僕の肩で…………………………


「え!?　喋《しゃべ》った…………ッ！！？？」


「おーい、イノスちゃん？」

「……………」

「イノスー？」

「……………」

……………………………………だめだ。

何の反応もない。

結局イノスが声を出したのはあの一回きりだった。その後は何度声をかけても返事をしてくれない。

これはあれだな……　ツンデレだな、うん、間違いない。デレ期を待とう。

『きゅう……　イノスはご主人たまが大好きなんだからね！』

みたいなデレ期がいつか来るはずだ、うん。その時の格好はロリ美少女で、あとＣＶ《キャラクターボイス》は誰がいいかなぁ……

うん……なんか僕、終わってるな。

さて……　アホなこと考えてないで特訓の続きをしよう。

あとの特訓は、捕捉補正と弾道補正だったか。まあ、弾道補正のほうはダーツ遊びをやり続けたおかげで、ある程度調整が済んでるからなぁ……

よし……　じゃあ捕捉補正の方を特訓しよう。

捕捉補正の特訓に関しては、実は今さっき思いついた特訓方法がある。

それは「スキル修得ありきの特訓」だ。

先ほど僕は遠視補正の特訓を経《へ》て、『万里眼《ばんりがん》（直視）』を得た。

補正効果を使いこなした結果がスキルの到達なのであれば、はじめから目標とすべきスキルを決めて、それを意識しながら特訓をしたほうが効果的なのではないかと思うのだ。

なんであれ、完成イメージを意識するのとしないのとでは、その到達スピードに大きく違いが出るだろう。

そんなわけで、僕がこの捕捉補正の特訓を始めるにあたって、目標とすべきスキルを決めておこうと思う。

そのスキルの名は、ずばり『ロックオン（Ⅳ）』だ。

このスキルは、言うまでもなく対象をロックオンするスキルだ。調べたところによれば、ロックオン系のスキルの四段階目に位置するスキルで、その中でもこのバージョン4はロックオン対象の行動予測をして、先回りで捕捉する優れものだ。スキルのランク的には『万里眼《ばんりがん》（直視）』と同じだし、習得に必要な〔命〕の数値も満たしているから問題ないだろう。

よし……　そうと決まればさっそく特訓開始だ。

ええと……　『ロックオン（Ⅳ）』の能力は、対象の所作《しょさ》と予備動作を観察し把握して、対象の行動を予測し捕捉するスキルらしい。

ふむ……　とりあえず「観察」と「予測」を意識しながら、獲物を捕捉し続けよう。

さて、じゃあ何を観察対象にしようかなぁ、えーと…………　お？

……あの娘《こ》。

あの清楚《せいそ》な感じで、三つ編みおさげで眼鏡の小柄な女の子……　童顔で可愛くていいな、うん。真面目そうで可愛い。

よし……　あの娘を観察対象にしよう。

じゃあ捕捉開始と。

ええと……　捕捉補正を意識して、よく観察する。

えっと……　こんな感じかな？

ん…………？　お!?

よし……　なんかいい感じだ。なんか、対象に集中を注いでいくみたいな感覚だ。

多分これが捕捉補正だと思う。よし、この調子で頑張ろう。

くふふ……　まさかあの女の子もこんな遠くの展望台から捕捉されてるとは思うまい。

さて、あの娘は…………　あれは何をしてるのかな？

ん～と……　待ち合わせかな？　多分……　待ち合わせだろうな。

ん？　誰か走ってくるな。どうやら彼女の待ち人みたいだ。

彼女も手を振っている……　誰だろうか？

…………………………む、男か。

「ちっ……　ビッチめ」

くそ……　眼鏡っ娘《こ》め。純朴そうな顔をしておきながら、男を知った雌豚《めすぶた》だったとは。

何たる不貞《ふてい》。可愛いと思った僕の純情を返してほしい。

まったく、君にはがっかりだよ。

……………………ん？　何だ？

あの二人が、森の茂みに………　え？

服脱いで…………　え!?

そ、外で!?　マジすか!?

え……　ええ……　お、おおぅ。

す、すげぇ……　マーベラスだ。

ぅお！

まさかそんな体位で!?


「ふぅ…………」

なんだかアンニュイな気分の僕である。ちょっとした賢者タイムだ。

いやぁ……　まさか……　何と言うか……

たいへん結構なお手前でした。

結局僕は、事が終わるまで二時間もそのカップルを捕捉してしまった。

何と言うか……　あのカップルはもう……　けしからん。

本当にけしかありがとうございました。

まぁでも……　いろいろと収穫の多い時間だったかな。

本当は、この特訓は一時間くらいで終わる予定だったんだけど……　まぁ、結局スキルも獲得できたし良しとしよう。なんか、捕捉を続けてた最後のほうは、すさまじく対象に入り込んだ感じがしたし。

多分あれはスキルの感覚なのだろう。あの、対象の全てを感覚的に把握した感じ。恐らく、あの普通じゃない感じはスキル効果だ。

よし、これで『ロックオン（Ⅳ）』は獲得だな。

一応確認しておこう……


【スキル】『悦覧者《アーカイブス》』『万里眼《ばんりがん》（直視）』『ストーカー（Ⅹ）』

……………………ん？

あれ？

え…………………『ストーカー（X）』？

「あ………『悦覧者《アーカイブス》』……」

え、ええと……

『ストーカー（X）』

ストーカー系のスキルの最高値。対象に定めた者の全てを把握、網羅《もうら》し、掌握《しょうあく》する。

これにより捕捉された対象は、最早その監視から逃れることがかなわない。

ストーカー系の最終形態である『ストーカー（X）』には、複数同時に対象を捕捉する『無差別モード』と、対象を殺す勢いで捕捉する『狂愛モード』が存在する。

スキル習得の条件は、「心に深い闇を抱《かか》えていること」「捕捉対象を性的な目線で長時間捕捉し続けること」「こじれた性癖《せいへき》を所有していること」「狂気的な恋愛感情の持ち主であること」

【命】５００以上」。

「…………………………………………うん」

まぁ、結果オーライ？

「よし……　まぁ、こんなものだろう」

もう夕暮れだ…………

「さて、もうひと頑張りするか……」

『ストーカー（X）』を取得してからしばらくの間、僕は特訓を続けた。特訓の仕上げ……「アレ」を完成させるための秘密特訓を展望台で続けたのだ。

命中の補正効果を意識し、僕の持つ怪力を活用し、そしてそれらが上手く組み合わさるようにして、「アレ」の特訓を続けた。

そして特訓は終了した……　「アレ」は完成したのだ。

あとは……　明日、この技を本気で使ってレベル上げをするだけだ。

そして……　このレベル上げが終わった時。

僕のレベルは凄いことになっているだろう。

つまり、僕が鳳崎に復讐する時は……　近い。

「くふふ……　ぐふ……　けふ」

ああ、やばい……　ドキドキする。すごくときめくなぁ。

ああ……　涎が出てきそうだ。

「じゅる……　くふふ……　落ち着け……　落ち着け僕」

やば、ちょっと涎垂れた。

「くふふ……　まだ……　まだだ」

焦《あせ》るな……　とりあえずはレベル上げが先だ。

そう、レベル上げ……　奴を殺すのはその後だ。

「おっと……　そうだった」

明日のレベル上げに必要なものがあるんだった。帰りに錬金工房に寄っていかないとな。


「こんばんは」

「やあ君か……　いらっしゃい」

僕はいつものお姉さんの工房に行く。そして工房ではいつもどおり、お姉さんが僕を迎えてくれた。

長い銀色の髪と輝く金色の瞳が今日も不気味で可愛い。

ああ、やっぱりこのお姉さんはいい。普通じゃなくて、そこがいい。

あ……　そうだ。アレを使ってみようか？

『ストーカー（X）』をお姉さんに使ってみようかな。

『ストーカー（X）』は普通に使えば、ただの対象捕捉スキルだ。

しかし……　それを興味ある異性に対して使えば……　少し変わった効果を得ることができる。それは……

「…………………………どうした？」

お姉さんが僕のことを不思議そうに見つめる。

僕はそんなお姉さんを真剣なまなざしで見つめる。

すると……

じわぁ、っと広がるように、脳内にお姉さんの情報が流れ込んでくる。

名前：シルヴィア・アーデルハイド
年齢：二十二歳
性癖：M（ぶたれるのも好き）
下着の色：穿《は》いてない

そう……　これが『ストーカー（X）』もう一つの効果。

興味のある異性を対象として捕捉すると、その対象の知りたい情報を盗み見ることができるのだ。（ただし性的な情報に限る）

……………………………………って、穿いてないの!?

「……どうしたのだ？　気分でも悪いのか？」

お姉さんが心配そうに僕を見てくる。

「いや、気分は最高です……」

しかし僕はそんなお姉さんの顔を見ずに、その下半身を凝視《ぎょうし》してしまう。

あ、あの下は……　ごくり。

「……え？　最高？　どういうことだ少年？」

………いや、違う違う。

違うだろう、落ち着け……　落ち着けよ僕。これだから童貞は困る。

「あ、すみません、違《ちが》くて……　お姉さんのパンツを……　あ、違う……　まだ大分違う」

「…………どうしたのだ？　本当に大丈夫か？」

いかんちょっとテンパった。

く、くそ……　『ストーカー（X）』……　なんて恐ろしい能力だ。コイツは危険だぜ、未熟《どうてい》である僕に、果たして扱いきれるのか？　……ごくり。

と、ともかく……

「あ、大丈夫です……　えっと、それより鉄くずってありますか？」

「鉄くず？　あるにはあるが？」

「どのくらい？」

「どのくらいかと言われれば……　まぁ腐るほどはあるな？」

僕はその言葉を聞くなり、懐から金貨袋を取り出す。

「それじゃあ金貨九枚分（九十万相当）、鉄くずを売ってください」

そして金貨を並べてニコリとお姉さんに微笑んだのだった。

「よし、これで準備は万端だな」

がちゃがちゃと音を鳴らしながら、僕は大きな袋を引きずって歩く。袋の中は沢山の鉄くずでいっぱいだ。

「これだけあれば、まぁ一匹くらいは倒せるだろう」

明日はとりあえず、一匹を確実に殺す。一匹さえ殺せれば、あとは何とかなるはずだ。

明日はついに戦闘だ。頑張ろう。

「……………………ん？」

僕がそんなことを考えていると、僕の肩に乗っているイノスが僕の頬にすりすりと擦り寄ってきていた。

僕はそんなイノスに「ついにデレ期か!?」っと一瞬思いかけたが、まぁ、違う。

残念ながらこれは、イノスがただ餌《えさ》を所望《しょもう》しているだけなのだ。

「わかったよ」

僕はそう言ってポケットから小袋を取り出し、そしてそこから角砂糖を一つ取り出す。そう、なぜかイノスは砂糖を食べるのだ。

「ほら……」

僕がイノスに角砂糖を触れさせると、イノスはそれをとぷんと飲み込み、ぷるぷると震える。

なんとなく嬉《うれ》しそうだ。

「明日のメタルオーガ狩り……　頑張ろうな？」

僕はそんなイノスを見ながらそう語りかけてみる。

「……………………」

しかしイノスはぷるぷると震えるだけで何も答えない。

やはり……　昼に聞いた声は幻聴だったのだろうか？

「イノス……」

僕は肩に乗っているイノスを取り上げ、手のひらに乗せてみる。

「イノスは僕のこと好きかい？」

そして僕は、気まぐれにそんなことを聞いてみたのだった。

「……………………」

しかし、当然イノスは何も答えない。ただ、ぷるぷるとしているだけだった。

そりゃそうか……　何をやってるんだ僕は……

「……………………きゅ？」

え？


疑問符……………　だと……!?

STATUS

御宮星屑 GOMIYA HOSHIKUZU

Lv 153

種族 — 人間
装備 — なし
HP — 45 / 50
MP — 10 / 10

力 —	765	対魔 —	0
魔 —	0	対物 —	0
速 —	0	対精 —	0
命 —	765	対呪 —	0

【使い魔】イノセントスライム／ミッドナイトスライム
【称号】なし
【スキル】『悦覧者《アーカイブス》』『万里眼《ばんりがん》(直視)』『ストーカー(X)』

復讐過程　その5　人間とはいったい何なのか

「よーし、あと少しだから頑張ってくれよ、ミドス？」

「……………………………………ぎゅぅ」

僕は、僕の周りを壁のように囲んで進行する、ミドスに声をかける。

ミドスはイノスと違ってちゃんと返事をしてくれるのでありがたい。

きっと素直な子なんだね？　多分真面目ないいんちょキャラなんだね？

まぁ……　その声はめっちゃ低いんだけどね。なんかやたらと野太いオッサンの声なんだけどね。

うん……　やっぱいいんちょキャラは無理です。

どう聞いても極道の濃いオッサンしか想像できない。

だめだ……　僕に君は愛せないよ、ミッドナイトスライム。

「……………………ぎゅぅぅ」

な、何だよ、そんな切なげな声を出すなよミドス。はっきり言って気持ち悪いよ。

鳥肌が立つよ。

しかし……　あれだな。

元は同じスライムなのに、けっこう性格とか違ってくるんだなぁ。ミドスは素直だけども、イノスはツンデレだもんね？

ね？　イノス？

「…………………」

無視ですか、そうですか。


ちなみにミドスとは、僕のもう一体の使い魔、ミッドナイトスライムのことである。あの、腐食の森を喰い尽くさせた、元イノスの分裂体のスライムのことである。

ちなみに名前の由来は、彼が森を喰い尽くしたあと、真夜中に僕のところに帰ってきたのと、その体の色が青みがかった黒……　つまりはミッドナイトブルーであるからだ。

ちなみにミッドナイトブルーというのは、僕が小学校の時に自称していた二つ名のことでもある。だから偶然にもこの微妙な色合いの名を知っていたのだが、まぁ、今となってはいい思い出である。

正直、深夜のテンションで暴走気味に命名してしまった感はあるが、まあアリだろう。

いいじゃないか、ミッドナイトスライム。ぶっちゃけ、少し恥ずかしいけどかっこいいじゃないか、ミッドナイトブルー。うん、カッコイイ（確信）。

「な？　かっこいいよな？　ミドス？」

「……………………ぎゅ」

ほら、ミドスだって気に入ってるみたいだ。だからいいのだ、うん。

「イノスもいいと思うよな？　な？」

「…………………」

うん、無視ですか、そうですか。

とにかく、そんなわけで僕は今、周囲にミドスの結界を張りながら王国南側の平原を進んでいる。

まぁ、結界なんて大層なこと言っているけど、実際はただ僕の周りをぐるっとミドスで囲ませながら歩いてるだけなのだが。

いやしかし……　ミドスの効果は本当に凄い、超凄い。なにせミドスがこうしてるだけで、僕の周囲のモンスターは、一切僕に近寄ってこないのだ。

それは全て、ミドスの持つ魔物避《よ》けの力によるものだ。

そう……　つまり腐食の森を丸ごと喰らったミドスには、あの腐食の森と同じだけの魔物避け効果があるのだ。

いや、あの森を丸ごと凝縮してるのがミドスであるわけだから、単純にあの森よりタチが悪いだろう。

何せ、あの森の毒素をぎゅうっとこのサイズに濃縮しているのだから。新鮮な腐食の森の芳《ほう》醇《じゅん》なエキスを、ぎゅっと搾《しぼ》って固めた腐食果汁濃縮１０００％スライムなのだから。

そりゃあ、魔物も避ける。裸足《はだし》で逃げ出す。

もちろん、こっちから魔物に攻撃を仕掛けた場合は魔物だって黙ってはいないだろうが、それはつまり、こちらから仕掛けなければ敵に全く遭遇せずに済むということなのだ。ノーエンカウントで、フィールドを進めるのだ。

ちなみに僕はミドスの契約者だから、ミドスの瘴気に触れても影響はない。

ただものすごく臭《くさ》いだけだ。

鼻が曲がって、一回転して元の正常な位置に戻るくらいに臭いだけだ。

もう……　正直まったく嗅覚《きゅうかく》が働いていない。完全に鼻が馬鹿になっている。

これ、ちゃんと治るんだろうか？


まぁ、いいか……

とにかく僕は、そういった経緯を経て王国の南門からここまで来たのだ。

ちなみに朝の出発からは十二時間も経過している。力のステータスが７６５の僕にとってこの程度の歩行距離は大したことはないが、さすがに長かった。

だけど……　ようやく目的地が見えてきた。

その目的地とは、僕がレベル上げの仕上げとしてはじめから目をつけていたところ。

王国周辺において、一番強い魔物が住まう平原。真っ黒で、刃《やいば》のごとき硬度を持つ「凶器なる魔草」ガヴィード草で埋め尽くされた真っ黒な平原……

「これが……　ガヴィード平原か」

黒く輝くガヴィード平原が遠くに見える。

そして……　ああ、早速いた。

あれが、このガヴィード平原に唯一生息している生物。

鋼《はがね》のごとき硬さと麻薬のごとき興奮物質と快楽成分を含有するガヴィード草を、平然と食せる世界唯一の生物。

「世界一攻撃的で狂気的な騒喰《そうしょく》動物」と呼ばれる化け物。

鉄《くろがね》の鎧《よろい》のような硬い肉体と、暴虐という言葉を体現するかのような怪力……

そしてガヴィード草の快楽成分で常時ラリっているが故の、常軌を逸《いっ》した凶暴性。

あれこそがこの……　カレゼスト大陸南部における魔物の頂点。

平均レベル600の魔物……

「ガヴィードメタルオーガ………　か」

それが……

丁度いいことに一匹だけはぐれて、平原の端にいるのが見える。

何か……　笑いながら草をむしゃむしゃとしている。

「距離にして目測《もくそく》四キロ……」

僕の有効殺傷範囲はおよそ五キロ……　十分しとめられる距離か。

よし……

「いっちょう、殺《ヤ》る気出すか」

僕は持参した巨大皮袋の口を開き、持ってきた鉄くずを取ると……　それを静かに強く握りしめたのだった。


「ふぅ……　っし、行くぞ」

巨大皮袋の中には様々な用途で使われた大量の鉄塊《てっかい》が入っている。

大小様々な大きさの……　だけど、僕の手の平には収まるよう調整して砕いた、数多《あまた》の鉄塊。

これで奴を攻撃する。

「すぅ……　はぁ……」

一つ……　深呼吸、気持ちを入れる。

始めたら最後。戦いが始まったら、もう戻れない。

そして……　いじめられるだけだった僕には、もう戻らない。

…………………………始まる。


僕は鉄塊を強く握る。

そして肩幅に足を広げ、真《ま》っ直《す》ぐに立つ。

そして前方を見つめる。

目の前に広がるのは、緑の平原。そしてその奥に広がっている……　黒い平原。

僕はその黒い地平線を見つめて……　そして視界を一気に飛ばす。

遥か先の景色へと一瞬で視界が飛ぶ……　『万里眼《ばんりがん》（直視）』で一気に飛ぶ。

その視界の先にいるのは……　黒い塊《かたまり》。

四つん這《ば》いで地面に這い蹲り、顔面を地面に押しつけて、恍惚《こうこつ》の表情で草を貪《むさぼ》る……　狂気の塊。

涎を垂らし、牙を剥き出し、草を食《は》んで飲み下しては、げらげらと狂ったように笑う黒鬼
……　ガヴィードメタルオーガ。

僕はそれを見据え、奴を対象に『ストーカー（X）』を発動する。

僕の感情が……　奴へと入り込んでゆく。

ずずず……　っと低い音を脳内に響かせ、奴の、一挙手、一投足を、捉える。

僕は……　鉄塊を握りしめ、そして大きく振りかぶる。765ある僕の力を、その全てを、

余すことなく鉄塊へと伝えていく。

足を踏み出すと、「ズンッ」と音を立て、地面がめり込む。

竜巻のように「グリィッ」と激しく腰を捻《ひね》ると、周囲の空気が僕を取り巻いて唸《うな》り、そして踏みしめた地面が抉《えぐ》れる。

腕を振ると「グォワァッ」と強く風を切る音が鳴り、しなる手元からは「パンッッ」と破裂音が響いた。

そうして生まれた凄まじい「力」が今、僕の指先に集約しようとしている。そしてその「力」は僕の「特訓」の成果により、抜群のコントロールで対象の下《もと》へと届くことだろう。

そう、「特訓」……あの展望台から、眼下に広がる景色に映る、全ての美少女達に……その美少女達の可憐《かれん》なる乳首に向かって小石をピンポイントで当てる「特訓」。

最大の集中力で行われた、最高に濃密な特訓。その、嗜好《しこう》にして至高の特訓がこの技を生み出した。

標的に、目指すべき場所に、当たることを前提として放つこの技。標的に集中し、執着し、望み……強い的中のイメージを持つことで、弾道補正を最大限に発揮させるスキル。

「うぁぁぁあああああぁッ！！！」

腕の先から「ボッッゥ!!」と大砲を放つような風音《かざおと》が轟《とどろ》く。

そして凄まじい速さの鉄塊が……　鉄の弾丸が黒鬼に向かって放たれる。

喰らえ、これが投擲《とうてき》スキルの上位に位置する必殺スキル……

「『絶投技《オメガストライク》』だぁ!!」

僕は、遠くのガヴィードメタルオーガに向かってそう叫んだのだった。


僕の視界の先。黒い塊が蠢《うごめ》くその場所に、鉄の塊が打ち込まれる。

げらげらと笑っているオーガの無防備なみぞおちに、鉄の塊が突き刺さる。

「ガイィインッ!!」っと大きな金属音を響かせて、僕の投げた鉄塊が着弾する。

そして……　僕の投げた鉄塊が直撃したソレは……　着弾の衝撃で吹っ飛び、仰向《あおむ》けに倒れる。

その後……　しばしの停止の後に、ゆっくりと起き上がり、ビクリ、と一度体を震わせた。

その直後……

奴は、がぱぁ、と目を見開く。

ぎょろりと目玉だけを僕に向けて、グギギ……　とこちらに首を傾《かし》げる。

そして……

に　ち　ゃ　や　ぁ　…

と……

嬉しそうに笑ったのだった。

「…………………っ……」

僕がその笑顔を見たとき、まず感じたのは狂気、次に恐怖。

あの真っ黒い鬼に、背中を舐《な》め回《まわ》されたような……　おぞ気《け》。

全身を走る、身震い。

僕は……

ソレを無理矢理、唇と一緒にかみ殺す。

なんとか堪《こら》える。

奴は、ガヴィードメタルオーガは……

すっと立ち上がり……　無傷で立ち上がり……　何事もなかったかのように立ち上がる。

そして……

「きゃああ

あああああぁぁぁぁぁぁっ!!」

と……

狂気と凶器と驚喜をごちゃ混ぜにして、あいつの涎でべとべとにしたような……

そんな常軌を遥か上に逸した声で叫びちらし……　そしてソレが、僕の耳元まで直通で届く。

その無駄に声が高いのが、気持ち悪くて怖い。

とても、怖い。

だけど、僕はまだ、冷静だ……

具体的には四キロ先にいるはずのあいつの声が、なんでタイムラグなしで届くのだろうと
……

そんな恐怖しか抱《いだ》けない情報に気づく程度には、冷静だ。

大丈夫だ、まだ大丈夫……　落ち着け。一撃で倒せないことは想定済みだ。

さすがに無傷は予想外だったけど……

それでもまだ四キロも射程のアドバンテージがあるんだ。

大丈夫……　攻撃を続けろ。

きっと勝てる。

勝てる。

勝てる。

勝てるはずだ。

僕は……

「すぅ……　はぁ……」

もう一度鉄塊を握る。

そして、投げる。

投げる。

投げる。

投げる投げる!!

投げる！！！

「うきゃあああああああああああああああああああああああああああああああああああああ、ぎゃああああああああああああああああああああああああああああああああああああ、おおおおおおおおおおおおおおおおおおおおおおおおおおおおおおおおおおはぁぁああああああああああああああああああああああああ、ぬああああああああああああああああああああああああああああばがああああああああああああああああああああ、ぼぉぉぉぉおおおおおおおおおおおおおおおおおおおおおおおおおおおおおおおおおおおおおおお」

あの気持ち悪い声は無視しろ!!
乱されるなっ!!
奴の!!
みぞおちに！
寸分の狂いなく!!
何度も、何度も、何度も……
「攻撃を続けるんだぁぁぁ！！！」
そう、何度も……………………
……ぉ………………………………………………………え？

「あ゙あ゙あ゙あ゙！！！」

なげ………………ぇ？

「あ゙あ゙あ゙あ゙あ゙あ゙あ゙あ゙！！！！！」

………………ぇえ？

「あ゙あ゙あ゙あ゙あ゙あ゙あ゙あ゙あ゙あ゙あ゙あ゙あ゙あ゙あ゙あ゙！！！！！！！！」

も、しかして…　効いて……　な…ぁ………

「あ゙あ゙ぁ゙ッ!!あ゙あ゙ぁ゙ッ!!あ゙あ゙ぁ゙ッ!!あ゙あ゙ぁ゙ッ!!あ゙あ゙ぁ゙ッ!!あ゙あ゙ぁ゙ッ!!あ゙あ゙ぁ゙ッ!!あ゙あ゙ぁ゙ッあ゙
あ゙あ゙あ゙あ゙あ゙あ゙あ゙あ゙あ゙あ゙あ゙あ゙あ゙あ゙あ゙あ゙!!」

…………………い？

あ゙…

え……？

まじ……で？

こいつ……　こんなに丈夫……　なの？

あ……やばい、やばいやばい……　これやばい!!

僕の予想より遥かにこいつ………　強い!?

あ……　ああ!!　ああああああああああ！！！

いつの間にか僕と奴との距離はおよそ二百メートルであいつの凄まじい速力を鑑《かんが》みればここに到達するまでの時間はおよそ十五秒でいやこんなことを考えている間に十四秒十三びょう十二ビョウあああああやばいヤバイやばいあいつまだ無傷だこれ無理だああだめだった調子乗ってたんだ僕はいけると思ってた上手くいけると慢心していたとりあえず投げなきゃあああああやばい外れた当たらないどうしようもうだめだ近い近いあいつチカイもうだめだ僕殺されるあいつにコロサレルもうだめだ………

その時、僕の目の前が絶望に染まる……　真っ黒に染まる

絶望して死を感じた……　そんな僕の頭の中に今までの人生が走馬灯《そうまとう》のように巡る……

僅か十六年ほどの短い人生、その全てが僕の頭をぐるぐる巡って…………　そして感じたこ

とが一つ、忘れられない思い出が一つ

その一つが、はっきりと、色濃く、僕の中に……　浮かび上がる

鳳崎……

「あいつだけは絶対ぶっッッ殺すッッッッッ！！！！！！！！」


切り替えろっ!!

目標は前方十メートル、ガヴィードメタルオーガ!!

鉄を掴め!!　足を踏み込め!!　腰を回せ!!　腕を振れ!!

あいつのみぞおちにコイツをぶち込んでやれぇぇぇぇぇぇ！！！！！！！！！！！！！！！！！！！

「『絶投技《オメガストライク》』ウウウウウウウウウウ！！！！！！！！！」

僕の体が燃えるように熱い！！！

筋肉が、腱《けん》が、関節がぶちぶちと音を立ててちぎれる。

鉄塊を投げた右腕が、踏み込んだ左足が砕けて血が噴き出す!!

だめだ……　もう右手左足は使いものにならない。

でもいい……　もうこれでいいい！！！

「おおおおおお…………　お!?」

その時、僕の中から魔力がごっそりと持っていかれる。

鉄塊が放たれた手元に魔力が吸い上げられる感覚がある。

そしてソレと同時に……

僕の投げた鉄塊に……　突然に……

高熱が、火が……　燃え盛っている!?

鉄塊は「オオオオオオオオオオッッッ」と轟音《ごうおん》を上げて吹き上がる炎を、吸収するように巻き込んでいく……

そして、一本の槍《やり》のように収束し……　オーガのみぞおちへと真っ直ぐに飛び込んでいった。

「ぁ…………………？」

僕はポカンとしてソレを見送る。

ありえない事態に思考が停止する。

「え!?　ぁ……っ！！？？」

しかしその直後……　いきなり、頭が激しく巡り出す。

ガンと頭を殴られるように、脳内に情報が叩き込まれる。

そして、僕の脳内に真っ赤な文字が浮かび上がる。

『火とめ焔れの一夜《ハートストライクフレイム》』

その名が焼けつくように脳裏に刻まれる。

突如、謎のスキル名が刻まれたのだ。

そして、それと同時に僕の頭の中を高速で『悦覧者《アーカイブス》』がかけ巡る。

『悦覧者《アーカイブス》』が新たなページをめくり、そして見たこともない文体の手記を僕に晒《さら》し出す。

そして、なぜか僕は、その未知の文体の手記を、理解することができたのだ。

それは神が書き記した手記……　書いた神の名は、性愛の神アフロデレス。


『火とめ焔れの一夜《ハートストライクフレイム》』

それは選ばれた者に与えられし、神の御技《みわざ》。

相手のハートをあらゆる手段で焼き尽くす、情熱の神技。

「焼けるように熱い情熱」「死ぬ直前まで誰かを思い続けること」「諦めない不屈の精神」

「意中の相手のハートを射止めようとするピュアなハート」

そして……　「本気の思い」

それを持つ者にこれを与える。


…………………………………………………………そうか。


よかった……

やっぱり僕の思いは……

僕の君への殺意《あい》は……

本物だったんだ!!

「いっつけえええええええええ！！！！！」

僕の炎の槍が唸りを上げ、飛来し、奴のみぞおちに突き刺さり、爆発を起こす。

「ごがぉぉぉぉぉああッ!?」

「ビキィ！」という鈍い音と共に熱と炎がはじけとび、それに大きくよろけるオーガ。

ああ、なんて刺激的なハートの射貫《いぬ》き方だ……　この世界の愛の神は、なんて情熱的なんだ……


あぁ……　最高だよ、ほんと。

ついに届いた……　僕の思いが、届いたんだ。

そう、オーガのみぞおちに……　ついに……

「ヒビが入ったぁッ……！！」

僕とオーガとの距離は後三メートル。

いける!!

僕は残る無事なほうの右足で、大きく踏み込み……　そしてオーガに飛び掛る!!

「があああああ！！！！」

飛び掛る僕に、オーガが闇雲に手を振るう。

それに僕の右肩は大きくえぐれる。

血がさらに噴き出す、肉がちぎれ飛ぶ。

だが構わない。もとより使えない右腕だ!!　捨て置け!!

「ミドス!!」

「ぎゅヴヴヴ!!」

そして僕はミドスを右腕に纏《まと》わせる、ミドスを「装備」する、そしてソレを……

「ああああああああああああああああああああ！！！！」

オーガのひび割れたみぞおちに……　全力を込めてぶち込んだ!!

喰らえぇぇぇぇ！！！！

「ッゃああああああああああああああああああああああああ！！！！！」

喰らわせた拳と共に響く、醜《みにく》い黒鬼の断末魔。

僕のミドスが、ひび割れたみぞおちから入り込み、オーガの体内を巡る。

腐敗の森の瘴気を濃縮したそのミドスが、オーガの体内をかけ巡る。

「死ねぇぇああああぁッ！！！」

「ぐぉあああああああ！！！」

次の瞬間、オーガの全身から血が噴き出す。真っ黒な血が辺り一面に降り注ぐ。

「がぁ!!　が　がぁぁ!!　があ…っ！　が……ぁ…」

びく…　びくっ……　っと血泡《ちあわ》を吹いて痙攣をするオーガの体。

そして……

「………………ァ」

ガヴィードメタルオーガは……

そこでやっと静止したのだった。

「ぁ………………っ、は、はぁ……はぁっ…!!」

僕は動かなくなったオーガを見つめ……　満身創痍《まんしんそうい》でその場に座り込む。
ああ……　人間って本当に出し切ると、もう何もできないんだな。
もう本当に何もできない、考えることもできない。
だけど……
そんな中、一つだけ湧き上がる感情がある。
これは……　感謝だ。
「ああ……　鳳崎君……　ありがとう」
僕は真っ黒に血まみれて、静かに微笑む。
あまりの喜びに自然と笑みがこぼれる。
ああ、鳳崎君……　君のおかげで死なずに済んだよ……
これで君を……
「殺しに行けるね」

「ふむ………」
僕は今、ガヴィード平原の中央で仁王《におう》立ちしている。

僕の周りには真っ黒な平原が広がるのみだ。

今回のレベル上げにおいて、僕には三つの大きな誤算があった。

一つ目は、あの僕が最初に戦ったオーガのことだ。あれこそが、今回最大の誤算であり、全ての誤算の元凶と言える。

なぜあれが最大の誤算であったのか？　結論から言おう。

「聞いてた話より……　強かった！」

うん………　ちょっとあれはないよな。

だってさ、ガヴィードメタルオーガの平均レベルって６００だって話だったじゃん？

でもさ、僕あれ倒した直後に３４１レベルだよ？　２００レベル近く一気に上がったんだけど……　あのオーガ……　絶対に７００レベル近くあったよね？

そりゃあ、「平均」って話なんだから個体によっては偏りがあるのはわかるけど……　いくらなんでも偏りすぎだろう。しかもその偏りに一発目から遭遇するとか運悪すぎだろう、僕……　なぜだ、日頃の行いのせいか？

それと後になって気がついたんだけど……　あのオーガ、他のオーガより一回り体でかかったなぁ。迫力も凄くて怖かったし。

でも、あれだな……　あそこで逃げ出さないでよかった。もし、あそこで逃げてたら〔力〕でも〔速〕でも劣《おと》っている僕が逃げ切れるはずもないし。逃げ出してたら、完全に殺られてたと思う。本当に……　いろいろやばかったな。

まぁ、でも今回のことは良い教訓になった。

今回のことでよくわかった……　僕の能力、『悦覧者《アーカイブス》』は頼りにはなっても……　あてにしてはいけない。この能力は、正確な答えが導き出せるような能力でも、ましてや全ての答えが知れる能力でもない。

ただ……　書物を読むだけの能力。情報収集をするだけの力だ。鵜呑《うの》みにしてはいけないんだ。

情報には「誤り」も「主観」も「嘘《うそ》」も「虚栄」もあるのだ。

そして……　「真実」がないこともあるし、僕自身がそれを見落とすこともある。今回みたいに。

そんなことはわかっていたはずなのに……　わかっていなかった。

つまり……　今回のオーガ討伐の失態の根本的原因は、僕が「何とかなりそう」と思っていたこと。その、油断と慢心もまた、大きな「誤算」だったのだ。

以後……　肝《きも》に銘《めい》じて気をつけよう。

そして二つ目の誤算。それは、オーガに受けた僕の傷が、めちゃくちゃ酷《ひど》かったことだ。それがどれほど酷かったかと言うと、死ぬ寸前程度には酷かった。

僕はあのオーガとの戦闘の後……　取りあえず気絶をした。

極度の緊張による疲労と、『火とめ焔れの一夜《ハートストライクフレイム》』の反動、それに加えてオーガにやられた右肩の重傷。

そして……　その重傷の傷口から入り込んだ……　オーガの血液。その血液が僕の体を巡って、僕の体をめちゃくちゃにした。どうやら、ガヴィードメタルオーガの血液は……　猛毒だったようなのだ。

そして、オーガを遠くから攻撃して撃破することしか想定していなかった僕は、近距離でのみ起こり得る「血液を浴びる」という事態を全く想定していなかったのだ。

つまりは二つ目の誤算とは、僕の想定不足と準備不足なのである。

いやまったく……　本当に浅はかだな、僕は。今後はどんな時でも安全マージンをしっかり取るとしよう。

最後に三つ目の誤算。そしてこれは……　嬉しい誤算である。

今、実は僕が倒れてから三日経過しているのだが……　なんと、もう完全に体が回復している。肩の重傷すら、跡形もない。

この超回復は、僕が気絶から立ち直った後にした、ちょっと凄いことに起因する。

あの時……　何とか意識を回復した僕は、その直後に死を覚悟した。何せ全身に毒が回り、体中が熱く焼け爛《ただ》れるかのような感覚に襲われたかと思えば……　その後急に体が冷えて動かなくなるんだもの。そりゃあ、「あ……　僕もう死ぬんだ」くらいのことは思うだろう。

まぁ……　実際、僕は死ななかったけどね。

それは僕が死の間際で……　起死回生のアイディアを思いついたからだ。そしてそのアイディアが有効に働いたからだ。

とにかく、僕はそのアイディアにより一命をとりとめ、その後、周囲をミドスに守らせながら、三日間過ごして回復したってわけだ。

そして……

回復した僕は、レベルアップで得た昇格値を再び〔力〕と〔命〕に全振りした。振り分けたあとは、最初に倒したオーガの表皮《ひょうひ》をおもむろに剥《は》ぎ取《と》り、それを他のオーガ達目がけて投擲しまくった。

非常に硬いガヴィードメタルオーガの表皮は、当然、ガヴィードメタルオーガ自身にも通じる弾丸になるのである。

僕は、その弾丸と『絶投技《オメガストライク》』を用いてガヴィードメタルオーガを狩りまくった。それはもう、これでもかというほどに……　僕は奴らを狩りまくった。

僕の投擲は、弾丸の質が向上したことに加え、〔力〕と〔命〕が強化されたことで弾速と射程も強化されている。つまり、どうあがいても反撃できない距離から、ものすごく硬い物質が、洒落《しゃれ》にならない威力と速度でもって飛来してくるのだ。

相手からしたら、完全になす術《すべ》がないだろう。

事実、僕が放った弾丸は簡単にオーガを貫いた。全てのオーガが、ほぼ反応もできずに飛び散っていった。

もう……　オーガ狩りたい放題だった。まるでいちご狩りをするくらいの気安さで、僕はオーガを狩っていった。オーガの頭が面白いようにはじけ飛んで、正直、笑いが止まらなかった。

………で、一時間くらい前かな？

熱中しすぎた僕が、オーガを根絶《ねだ》やしにしちゃったのは。

まあ、そんなわけで、僕の周りは今、真っ黒なのだ。

生《お》い茂るガヴィード草とガヴィードメタルオーガの………　飛び散った体液で。

血がかかって気持ち悪いけど、どうせもう汚れてるから気にしない。

オーガの血の毒も、ちゃんとした人間じゃない僕にはもう効かないし。

ああ。

ちなみに、僕がどうやって生き残ったかと言うと。

僕はイノスを食べたのだ。

僕は瀕死《ひんし》の時に、イノスを食べた。正確にはイノスの分裂体を食べた。

食べた理由は「イノセントスライムを環境に適応させるため」だ。そして適応させる環境は僕の体内。そう……　僕はイノセントスライムを「僕の体内環境に適応」させたのだ。

そして、そこからは腐食の森の件ですっかり手馴《てな》れた使い魔の遠隔操作で、僕の体に入れたスライムを操作し、どんどん体に馴染ませていった。

「適応」「繁殖」「僕の肉体の補填《ほてん》」……　その三つの命令を延々と続けさせた。極小に分裂させたスライムを、何匹も何匹も僕の体内で増殖させ……　そして馴染ませたのだ。

いやぁ、人間追い詰められると何でもできるものだね。まさか本当に、スライムで細胞の補填ができるとは思わなかったよ。まぁ……　できなかったら死んでたんだけどね。

もう、僕のスライムコントロールはかなりのものだな。どんな命令だって、ミクロ単位で執行できる自信がある。

とにかく……

そうして僕は、自分の体内に適応させたスライムを操作し、『バイタルコントロール』を掌握して、その結果、生き延びることに成功したのだ。

つまり最後の「誤算」は……　僕がほぼ人間じゃなくなってしまったことだなぁ。

で……　そんなわけで今に至る。

とにかくいろいろあって、この平原のガヴィードメタルオーガは全て狩りつくした。

一匹残らず駆逐《くちく》した……

おかげでレベルも522にまで上がった。最早笑えるくらいのレベルだ。

「さて……　『悦覧者《アーカイブス》』」

ふむふむ鳳崎の今のレベルは180か……　うんうん、西門での戦闘、頑張ってるみたいだなぁ。

まあでも300以上レベルに差があれば、関係ないけどね。

ましてや〔力〕と〔命〕に全振りしている僕なら……

勇者の固有スキル、『広域検索《サテライト》』も『五重結界《フィフスケージ》』も……

「関係なく攻撃できるよね……　くふふ」

ねぇ……　鳳崎君?

STATUS

御宮星屑 GOMIYA HOSHIKUZU

Lv 522

種族 — 人間（半スライム）

装備 — なし

ＨＰ — 1050／50（＋1000HP分のスライム内蔵）

ＭＰ — 10／10

力	2610	**対魔**	0
魔	0	**対物**	0
速	0	**対精**	100
命	2610	**対呪**	0

【使い魔】イノセントスライム／ミッドナイトスライム／内蔵スライム（×1000）

【称号】死線を越えし者（対精＋100）

【スキル】『悦覧者《アーカイブス》』『万里眼《ばんりがん》（直視）』『ストーカー（X）』『絶殺技《オメガストライク》』『火とめ焔れの一夜《ハートストライクフレイム》』『バイタルコントロール』

復讐過程　その6　ああ勇者、君の苦しむ顔が見たいんだ

「さぁ、殺そう……！」

僕は今、鳳崎が通う魔法学校から、五キロ離れた高台にいる。

そして今、僕の視線の先には魔法学校で座学《ざがく》を受ける、麗《うるわ》しの勇者様の姿がある。

くふふ……

ああ、いけないなぁ鳳崎君。あくびなんかして……　授業はちゃんと受けないとだめだよ？

くふふ……

今、僕の右手にはガヴィードメタルオーガの牙が握られている。硬さも鋭さも申し分ない、十分な殺傷能力を誇る凶器だ。

さぁ、この牙で、さっそく鳳崎を殺してしまおう。

さぁ、今こそ殺そう。


鳳崎が現在所有している勇者スキルの中で、今、注意すべきスキルは二つ。『広域検索《サテライト》』と『五重結界《フィフスケージ》』だ。

『広域検索《サテライト》』は勇者が知りたいと望む、全ての物及び事象を検索できる能力で、平時は殺意にのみ反応するようになっているらしい。

『五重結界《フィフスケージ》』はその名のとおり、勇者を常時守護する五重の無属性結界だ。

そんな、一見無敵にも見える勇者の守護スキル。

しかし……

『広域検索《サテライト》』の検索区域は、現時点では勇者を中心とした半径三キロ圏内であり、今、僕がいるのは鳳崎から五キロ離れた、検索圏外だ。

『五重結界《フィフスケージ》』は一応、物理対抗力を持つものの、その本領は対魔法を想定した防御であるらしく……　つまり単純で純粋な物理攻撃である投擲にはそこまで強くはないのだ。

そして……

鳳崎のレベルは180だ。

レベル180の鳳崎の昇格値は、〔魔〕を多めに振り分けてはいるものの、基本的には均等に振り分けているらしい。つまり、奴のステータスは……　おそらく〔力〕180、〔対物〕180くらいであるはずだ。

くふふ……

いくら体の丈夫さが180で、いくら防御フィールドが180でも……　それは2610の暴力の前では意味を成さない。そこに薄っぺらな結界が五つ重なろうと……　妨《さまた》げにすらならない。

そして命中もまた2610である今の僕は……　有効射程が優に五十キロを超える。

たかが五キロでその威力が落ちることは……　ない。
くく……
くふふ……
くへへへへへへ……
ああ……
「詰んだな……　鳳崎ぃ……」
僕はオーガの牙を握りしめる。
そして、それを大きく振りかぶる。

さぁ、終わりだよ鳳崎。
これで終わりだ……
君と、僕の……
全てが終わりだ。
殺す。
僕は君を殺すよ。
いま殺す。
さぁ殺す。

さあ……

さぁ。

さぁ。

さぁ。

行け……

あれ？

え？

「……………………………………………………………………………………………………あれ？」

そのとき僕は…………

鳳崎を…………………………………

殺せなかったのだった。

「なぜだ……　なぜだ……　なぜだ……」

僕はふらふらと街を歩く。

もう……

わけがわからなくて吐き気がする。

どういうことなんだ？

え？

いったいどういうことなんだ？

ええ……？

僕は、鳳崎が憎いんじゃなかったのか？
あいつを殺したかったんじゃなかったのか？
あぇ……？
あぁ……？
もう……　自分がわからない。
あの時……　僕は確かに鳳崎を殺そうとしていた。
だけど……　殺せなかった。
いざ、牙を投げようとしたら……　怖くなったんだ。
本当にこれでいいのかって……
後悔しないのかって……　急に怖くなったんだ。
ああ……　どういうことなんだ？
なんで僕がそんなことを思うんだ？
僕が……　僕があのくそ野郎に対して……　慈悲《じひ》の心でも持ってしまったというのか？
それとも僕は……　害虫の駆除《くじょ》もできないようなへたれだったのか？
ああ……　ぁぁ……
あああああああ……
わけがわからないよ……

「…………………………………………………………………………ん？」

僕が下を向いて歩いていると、目の前にいつの間にか壁があった。

僕が立ち止まってそれを見上げると……

「教会…………か……」

目の前には、大きな十字架が掲《かか》げられていた。

僕は……

「……………もしかして」

きっと、これは何かの導きだと思った。多分、運命なのだと思った。

きっと、ここには何かがあると……　あってほしいと思ったのだ。

僕は答えを求めて……　誘われるように教会の中へと入っていったのだった。


「あら……？　どうされました？」

僕が教会の扉を開けると、そこにはシスターがいた。

もう鉄板の……　これでもかってほどに鉄板なシスター服を着たシスターだった。銀髪碧眼《へきがん》ロングヘアで……　僕が今ショックを受けていなかったら、思わず萌《も》えてしまっていたことだろう。だけど今はテンションが激低なので「シスターってどんな下着穿いてんだろう」くらいのことしか考えられない。あぁ、もうだめだ……　死にたい。

「えっと………　その」

考えがまとまっていなかった僕は、シスターに何を言って良いかがわからず黙り込んでしまう。この感情の説明をすることができずに、うつむいてしまう。

教会に……　しんとした沈黙が広がった。

「何かお悩みのようですね……　私でよければお聴《き》きしますよ？」

しばらく僕がうつむいていると、不意にシスターが、微笑みながらそう言ってくれる。

「え………　いいんですか？」

その笑顔にすがるようにして、僕は彼女を見つめる。

「ええ……　さぁ、こちらにお座りください」

僕はふらふらと、シスターに促《うなが》されるままに……　彼女の隣へと座った。

「えっと、その……　何と言っていいのか」

「…………大丈夫ですよ、ちゃんと聴きますから」

そして、語り始める。

僕は、自分の胸の内を語り始める。

「ゆっくりでいいので……　話してみてください」

そして、この時のシスターとの会話が……

「はい……　ありがとうございます」

僕の今後の人生を、大きく決定づけることになるのであった。


「さぁ……　どうぞ？」

「はい……　実は僕……　今日、人を殺そうとしたんです」

「…………………した、ということは思いとどまったのですね？」

「はい…………　いや、思いとどまったと言うよりは、できなかったのです」

「そうですか………」

「いざ、その人を殺そうとしたら……　本当にこれでいいのかって思ってしまって……　すごく後悔しそうで……　怖くなったのです」

「………………」

「あんなに殺したいと思っていたのに……………………　なぜ？」

「……………………………………………………それでいいのですよ？」

「……………………………………………………え？」

「あなたの自分の心の奥に問いかけてみてください……」

「心に…………………………？」

「ええ……　あなたがそう思ったのなら……　後悔すると思ったのなら……　そう思うだけの何かが心の奥にあるのです」

「僕の、心の中に……　何かが？」

「そうです………　そして………　そこに答えはあります」

「僕の………」

僕は……

鳳崎を殺せなかった。

なぜ……？

それは、僕が鳳崎を殺したくなかった……………………　から？

僕は………　鳳崎を……

どうしたいんだ？

僕は………


「あ…………………」

「わかったようですね？」

そうか……　僕は……

「そうだ、僕は……　鳳崎を殺したくなんてないんだ……　殺したりしても、何にもならない」

「そうです………　そのとおりです……　人を殺しても何も生みません……」

そうだ……　鳳崎を殺しても何にもならない。

だって………

「殺すなどという安易な考えを起こしてはいけません……」

だって僕は……

「その憎しみを捨てて……　相手を許すので………」

「そうだったんだぁッ！！！！！」

僕は元気良く立ち上がる。

「…………………………………っえ!?　ど、どうされました？」

そして叫ぶ。

満面の笑みで、そして元気良く、迷いのない顔で叫ぶ。

「僕は鳳崎を殺したいんじゃない!!　僕は鳳崎を苦しめたいんだ!!」

「……………………はい？」

ああ……　そうか！　そうだったんだ!!

そりゃあそうだ!!

「あいつを殺したら見れないじゃないか!!　あいつの苦痛に歪《ゆが》む顔が!!　あいつの絶望の顔が!!　あいつの泣き叫ぶ無様な面《つら》が!!」

「………なっ!?」

ああ!!

僕はなんて馬鹿だったんだ!!

そんなの当たり前じゃないか!!

「そうだ!!　奴には僕と同じ……　いや僕以上の絶望と屈辱を味わわせないと!!　あはははは!!　鳳崎ぃ!!　僕は君をただでは殺さないよ!!」

「え？　ちょッ!?」

ようやくわかった!!

いや……　忘れていた!!

僕はあいつを殺したいほど憎いんじゃない。

そうだ、僕は……

「あははっはははっはっはははっははっははっはぁぁあああああ！！！！！　痛みも屈辱も百倍返しだ!!　そうさ、終わらせるにはまだ早い!!　楽しい復讐はこれからだ!!」

奴を、ぐちゃぐちゃになぶり殺したいほど憎いんだ!!

「よしぃ!!　そうと決まればこうしちゃいられない!!　早速、どうやったらあいつを苦しめられるか考えなきゃ!!」

僕は走り出して教会を飛び出そうとする。もう、湧き上がる衝動を抑《おさ》えることができない。ワクワクが止まらないし、ロマンティックだって止まらない。

さぁ、今すぐ復讐に出かけよう!!

「ま!!　待ちなさいぃッ！！！」

だけどそこで僕は、シスターに呼び止められる。なぜか怒った顔の彼女に、行く手を阻《はば》まれてしまう。

………？

何だろう？　どうしたというのか？

「復讐なんて馬鹿なことはおやめなさい!!　そんなものは捨てて真っ当に生きなさい!!　そんな復讐のために時間を費やすなんて間違っています!!」

シスターが僕に向かってそう叫ぶ。激怒の表情で僕にそう言う。

「いいですか!?　復讐は何も生みません!!　あなたもその人も不幸になるだけです!!　負の感情で生きる人生に価値などありませんよ!!」

そして彼女は僕に、そんなことを言うのだった。

僕は……

僕は、そんな激おこシスターに……

「何を言ってるんですか?　僕は幸せですよ?」

ニコリと微笑みを返す。

「シスター、復讐っていうのはね、楽しいんです……　そう、言わばこの楽しさこそが復讐の価値!!」

両手を広げ、満面の笑みを浮かべ、声高に、歌うように、そう言い返す。

「な、なにを馬鹿なことを……!?　あなたは間違っています!!」

しかし……　そう言う僕を、シスターは目を見開いて怒鳴りつける。

あり得ない物でも見るかのような目で僕を見やり……　そして僕の発言を真っ向から否定する。

しかし、そんなシスターを僕は……
「いいえ、間違っていないです」
真っ直ぐ見つめてそう返す。
はっきりとそう言い返す。
そう……
誰が間違っているとかじゃないのだ。
何が間違っているとかじゃないのだ。
今、僕にある真実は唯《ただ》一つ。
それだけは確かで、それだけが大事なのだから。
もう……
「くふふっ、どう考えても僕が正しい」
僕に迷いはない。

ああ……!!

すごくすっきりしたぁ!!

頭がすっきりした気分だ!!

なんていうか、レベル上げに熱中しすぎて本当の目的を忘れてたよ!!

殺せる手段が手に入ったから舞い上がってたみたいだ。

いけないいけない。

殺すだけが目的じゃないんだよな……　うん。

あいつを、徹底的になぶり殺さないとね。まったく、それを忘れるなんて本末転倒だ。

だけど……

それをやるには、ただ力をつけるだけじゃだめだな。

あいつをなぶり殺すためには、奴を徹底的にいじめ抜く環境も必要になってくる。

ただ殺そうとするだけじゃ、理想の死に様《ざま》を拝むことはできない。

あいつを徹底的になぶり尽くすには、あいつを徹底的に絶望させきる必要があるはずだ。

ふむ……　どうすれば完膚《かんぷ》なきまでに、あいつを絶望させることができるのだろうか?

うーん……

「『悦覧者《アーカイブス》』ッ……　キーワード『絶望』」

ふむふむ……　あ、これなんか参考になりそうな書物だな。

［拷問紳士　エドワード・グロスヴォード「絶望への案内」］
絶望とは、希望を目の前で笑いながらへし折ってやることである。

おお……
なんか胸に来る言葉だなぁ。
ふむ……　希望か。
あいつの今の希望は……　魔王を倒して元の世界に帰るってことだろうか？
うーん……

……ん？

あ………
ああ………！
そうか……　そうかぁ!!
そうだ！　そうだぁ!!
そうしよう!!

「そうだ、魔王になろう!!」


僕が真の魔王になってしまえばいいんだ!!

鳳崎より先に魔界に行って、鳳崎が来る前に魔界を征服して、鳳崎が来る頃に僕が魔王になるんだ!!

そう……　その後鳳崎を勇者として、魔王のところまで到達させるんだ!!

苦労あり、笑いあり、感動ありの、最高に泣ける冒険を僕が演出するんだ!!

そして、最後に魔王を倒す、最強の勇者鳳崎!!

歓喜に打ち震え、喜びと幸せを享受《きょうじゅ》する鳳崎!!

沢山の思い出と共に、あとは元の世界に戻るだけ……　って状態にするんだ!!

で……


それを最後に僕が、めちゃくちゃに踏みにじる…………　と。

「くふ……　ぐふ…　ぐへへへっへ……」


ああ。

嗚呼《ああ》………!!

僕は天才かっ!?

最高じゃないかそれはぁ！！！

ああ。

ああああ……

あはははははははははあああああああああああああああああああああああああああ！！！！


よし!!　それでいこう。

くふふ……

ああ……　楽しみだ。

それは楽しみだなぁ!!

ああ、鳳崎……

僕を楽しませてくれよ？


「ああ勇者《おおとりざき》」

僕は……

「君の苦しむ顔が見たいんだ」

STATUS

御宮星屑 GOMIYA HOSHIKUZU

Lv 522

種族― 人間(半スライム)
装備― なし
HP ― 1050 / 50 (+1000HP 分のスライム内蔵)
MP ― 10 / 10

力	2610	**対魔**	0
魔	0	**対物**	0
速	0	**対精**	100
命	2610	**対呪**	0

【使い魔】イノセントスライム/ミッドナイトスライム/内蔵スライム(×1000)
【称号】死線を越えし者(対精+100)
【スキル】『悦覧者《アーカイブス》』『万里眼《ばんりがん》(直視)』『ストーカー(X)』『絶殺技《オメガストライク》』『火とめ焔れの一夜《ハートストライクフレイム》』『バイタルコントロール』

EX　ステータスについての補足

〔HP〕
読みはヒットポイントではなく、本作においてはハートポイントと表記する。

この値は生命力を示す値であり、ダメージを受けられる許容数値ではない。

そのため、肉体的な疲弊《ひへい》や体調によっても減少する。疲れやすい人などは何をしなくとも減少し、逆に丈夫な人間はいくら動いてもそれほど減少しない。

もちろんダメージを受けても減少はするが、それは生命力に影響があるダメージを受けた時であり、かすり傷を負ったからといって減少したりはしない。
〔MP〕
マジックポイントである。これは従来のマジックポイントの概念と一緒である。

ただ、本作においてのマジックポイントは精神力などとは一切の関係はなく、完全に別要素の体内に蓄積《ちくせき》されるエネルギーである。

時間と共にパーセンテージで回復していく。睡眠時は回復のパーセンテージが著しく増加する。

〔力〕

筋力値である。これが高ければ高いほど身体能力が上がる。

筋力が一定限度を超えると、高い筋力に見合った耐久性を持つ肉体へと変化していくため、体が丈夫になる（筋繊維《きんせんい》そのものが高速かつ強力な伸縮に耐えうる強靭《きょうじん》な素材になるほか、それに見合った強度の骨格、加えて腱へと変化していくため）。つまりは物理防御力も上がる。

〔魔〕
魔法の攻撃力である。扱える魔法の難易度などは、本人の魔法センスに依存するため、この数値は関係しない。

〔速〕
速度補正の値である。この数値が高ければ高いほど、あらゆる行動に対して速度補正が働く。ただ、前述のとおり〔力〕が高ければ筋力全てが上昇するため、単純に移動速度を上げるのであれば〔力〕を上げたほうが良い。
だが、〔速〕を上げれば、行動の全てに速度補正（思考速度、斬撃速度、詠唱速度、魔法及び弓等の射速）が付与されるため、総合的に速くなる。

〔命〕
攻撃命中に関する補正の値である。主に「捕捉補正」と「命中補正」が働く。
〔命〕の値が高ければ高いほど「捕捉補正」が上がり、いろいろなものが捕捉できるようになる。そして捕捉したものには「命中補正」が働き、攻撃が当てやすくなる。
「捕捉補正」が高い人間は、速く動く物体の数秒後の到達地点を予測できたり、霊などの本来見えないものも捕捉する。
しかし、命中できるイメージがあっても、必要な身体能力がなければ命中は当然不可能であるため、これのみでは効果の薄いステータスである。
〔対魔〕
対魔法用フィールドの強度である。この世界の人間は、誰しもが対魔法障壁を保有している。
〔対物〕
対物理攻撃用フィールドの強度である。この世界の人間は、誰しも対物理障壁を保有している。
〔対精〕
精神攻撃の耐久値である。洗脳やプレッシャーなどの、精神攻撃系の魔法に対する耐久力で、つまりは心の防護障壁である。
可視光線《かしこうせん》や音など、五感を経由するタイプの魔法は〔対魔〕のフィールドを通過してしまうので、それらに対しての防護機能である。
そのため心の強さや、精神力のタフネスさとは無関係である。
〔対呪〕
呪いの耐久値である。これが低いと簡単に呪われてしまう。
この世界においての呪術は、魔法とは似て非なるものであるため、〔対魔〕のフィールドでは防げないものもある。
魔法は基本的にスキルで発動するが、呪いはスキルを必要としないものもある。
〔レベル〕
1レベル上昇するごとに、各ステータスの数値を上昇させる「昇格値」を10獲得することができる。昇格値は10あるステータス項目に均等に振り分けるのが基本であり、それが最もリスクの少ない有効な配分である。だが、職業や生活環境によってはある程度の偏りは必要とされる。

ちなみにレベル1時点でも、10の昇格値を保有している。

挿入話　勇者鳳崎の爽やかなる早朝

「ふぁ……　っち、もう朝か」

朝、俺は王宮の自室で目を覚ます。

「っ…………頭がいてぇ」

そして、目を覚ました瞬間に鈍い頭痛を感じる。どうやら、昨日はけっこう飲み過ぎちまったみたいだ。

「まぁ……　今日は魔法学校ねぇからいいけどよ」

幸い、今日は学校は休みだ。この後はだらだらすることができる。

本当は学校なんてめんどいのは行きたくねぇが、「勇者」として王国に養ってもらっている以上、建前は必要だ。

あぁ……　そういうの本当にめんどくせぇ。

「…………………ぁ？　なんだ、昨日はこいつと寝たのか」

毎朝のことではあるが、人の体温を感じて横をみおろしてみれば、そこにはスヤスヤと眠る南城の姿があった。

後半の記憶があやふやだが、確かに昨日は途中からこいつと飲んでいた気がする。

どうやら、そのままベッドにもつれこんだらしい。

「しかし…………………　こいつの寝顔も見飽きたな」

正直、もう南城の体は飽きた。

抱きすぎて、もう飽いたのだ。

「だからといって……　無暗《むやみ》に手を出すわけにはいかねぇしなぁ」

この世界の人間を抱こうと思ったら、「勇者」という存在の政治的利権が絡《から》んできていろいろめんどくせぇのだ。

かといって娼婦《しょうふ》を買おうにも、今度は「勇者」としての体裁が絡んでくる。

なので、女といったらメイドを手籠《てご》めにするか、王族の息がかかった奴隷競売でいつもの手段で秘密裏に奴隷を買うしかない。

女をバレずに攫《さら》ってくるのもできなくはないが、俺の『上書処理《メモ・リテイク》』じゃ、周囲の記憶を改変させるにも限度があるしな。

「はぁ……　めんどくせぇ」

その点、こいつは同じ「異世界の人間」なので、抱いても何の問題もなく、後腐《あとくさ》れもない便利な女ではある。

その上、こいつの固有能力である『特別愛使い《マイ・プレシャス》』は「対象を愛していれば愛しているほど支援、回復魔法の効果が劇的に上がる」能力であるため、こうして体を重ねるのは、俺にとってもプラスに働く。

だが……

飽きるもんは飽きる。

毎日安い肉は食えない。

「っち……　こいつが御堂くらい可愛けりゃいいのに」

御堂………

あいつは本当にいい女だ。見た目も体つきも申し分ない。実に俺好みだ。

だが……　あいつは俺になびかない。

何度かアプローチはかけているが、全く反応を見せないのだ。

「いっそ、犯しちまってもいいが………」

そう、いっそこの「勇者」の力で奴を好きに蹂躙《じゅうりん》するというのもありだ。

あの綺麗な顔が歪むまで、めちゃくちゃにしてやるというのも……

「……………まぁ、それはいつでもできるか」

しかし……　それは本気になればいつでもできる。犯《や》ろうと思えば、犯りようはある。

だが、それは今じゃなくてもいい。ちゃんと準備が整ってからでもいいのだ。

それに、あいつの持つ『棺束者《カテゴライズ》』の封印は強力すぎる。

いくら俺でも対策なしじゃ厳しい。

「それに……　木島のこともあるしな」

そう……　木島の存在も厄介《やっかい》だ。あいつは、御堂に執心している。

多分あいつは、俺か御堂のどちらにつくかってなったら、迷わず御堂を選ぶだろう。

そうなると「必ず初撃を当てる」という因果操作の効果を持つ、あいつの『事後承諾《フル・アポイントメント》』は脅威だ。

まぁ、あいつ自体の攻撃力がさほどでもないから、大した脅威じゃないが、それでもやばい能力であることには違いない。誰かと組まれて敵に回られたら、厄介なことこの上ない。

「ちぃ……　ほんとめんどくせぇな」

だから、今はまだ好き勝手やるわけにはいかない。

好き勝手をするのは、もっと力をつけて誰も逆らえなくなってからだ。

もっと使える能力を増やして、俺に弱点がなくなってからだ。

いくら凄い能力を持っているとはいえ、所詮、あいつらの能力は一つずつだ。

複数の固有能力を持ち、そしてそれが増え続ける、俺の敵じゃない。

何せ、俺は「勇者」だ。

特別な存在……　「勇者」様なんだ。

だから俺は、遠くない未来で、きっと最強になるだろう。

何せ俺は、特別な存在なのだから。

「その時がきたら……　めちゃくちゃにしてやる」

だから、その時までは我慢だ。

まぁ、あとの楽しみを考えれば、耐えられないこともない。外面《そとづら》を取り繕《つくろ》いながら、学校に通うくらいはしてやるさ。

だが……　気を遣《つか》いながらってのも、実際ストレスたまんだよなぁ。

俺が最強になるためとは言え、なんで俺が気を遣ってやらなきゃなんねぇんだ。

ほんっと……　めんどくせぇ。

「っち、最近ゴミクズも見ねぇし……」

こんな時のためにとっておいた、クズ野郎も見当たらない。

あいつもまた、俺が虐《いじ》めて何の問題もない、都合のいい奴だ。あいつをいたぶる間だけ『黙秘権《シークレットサービス》』を発動してれば、体面も守れるからな。

「俺に許可なく……　どこ行きやがった、糞《くそ》が」

最近は『広域検索《サテライト》』にかからないとこを見ると、どこか遠くに行ったか、野垂《のた》れ死んだか……　いずれにせよ、俺の許可なくいなくなるとか、本当に使えない。

所詮ゴミクズはゴミクズか……

「しょうがねぇ……　気晴らしに散歩でも行くか」

碌《ろく》な女も、手ごろな玩具《ごみくず》もない以上、たまには健全に過ごしてみるのも悪くはない。案外、面白い「遊び」でも見つかるかもしれねぇしな。

この前買った奴隷が壊れてからしばらく経つし、そろそろ手頃なのを探すのもいいだろう。

「さて……　それじゃあどこに行くか」

そうだな……　散歩に行くからには、普段行かないようなところに行きたい。ちょっとした買い物というのもアリだろう。

「……………………そう言えば」

そう言えばこの前、『飛来身《パイロット》』で空を飛んでた時に、変な店を見たっけな……

コーリティアス地区の裏路地に、変な外装の錬金工房みたいなのがあったはずだ。

ふむ……

「そこらを探検してみるのも悪くはねぇか……」

ああ、まったく……　暇つぶしも楽じゃねぇな。本当に、俺の周りは使えない奴ばかりだぜ。

「むにゃ…………　遼生ぇ…　だいすきぃ」

「……………………………うざ」

こいつを起こすとめんどくせぇ。

さっさと出かけるとするか……

第二章　新たなる《あくまなる》自分への転生（人間やめよう）

復讐過程　その7　幼女に悪戯すると書いてロマンと読む

「さて…」

僕はいつもの宿屋のベッドの上で、寝転がりながら考えごとをする。

考えるのは今後のこと。いかにして鳳崎《おおとりざき》に復讐《ふくしゅう》を果たすかということ。

つまり……いかにして魔王になるのか…………　ということだ。

「ふむ……　イノスはどうしたらいいと思う？」

「…………………………」

うん。無視ですかそうですか。

「ぎゅぅ！」

うん。ミドス、君には聞いてないよ？


さて……

冗談はさておき、ちゃんと考えなくてはなるまい。

何せ、これは僕の人生をかけた壮大な夢。壮大な完全私怨復讐計画《アベンジャープロジェクト》なのだから。

恨みを込めて計画し、憎しみを込めて実行し、狂気をもって完遂《かんすい》しなくてはならない。

そう……　失敗は許されないのだ。

よし……　では具体的に考え始めるとしよう。

まず……　とりあえず必要なものは何か？

鳳崎を僕TUEEEEEEEできるだけの圧倒的戦力を持つ魔王になるためには……　何が必要だろうか？

うーん……

とりあえずは…………

「力と金だろうなぁ」

まぁ、この二つは絶対に必要になってくるだろう。

この二つはあればあるだけいい。ありすぎるということはない。

何せ、この二つさえあれば大概のものが手に入るのだから。

地位も名誉も権力も、この二つさえあればいくらでも奪えるのだから……

「ふむ……」

よし……　じゃあ、まずそこからだな。と言うかそれしかないな。それが全てだもんな。

よし。

力と金が必要なら、まず力を先に手に入れるべきだろう。

力は過剰にあるくらいで丁度《ちょうど》いい。自衛にも使えるし、守りたいものがあれば守れる。

それに……　暴力は金になる。

そんなわけで、結局やることは今までと変わらない。

ようするにレベル上げだ。今までのように効率重視でレベルを上げる。

レベルさえ上げれば、必然的に強くなるのがこの世界だ。実にわかりやすくていい。

とにかくレベルを上げて、今までどおりに〔力〕と〔命〕に割り振るのだ。

まぁ……

本当は総合的に割り振ったほうが強くはなる。

何せ総合力が高いということは、それだけ応用が利《き》くということなのだから。つまり、遠距離攻撃しか能のない僕とは違うということなのだ。

恐らく、同レベルの奴《やつ》と相対《あいたい》したら、僕はあっさりと敗北することだろう。

まぁ、それだけ極《きょく》振りはリスクが高いということだ。

だが、ここでこの極振りをやめたら、それは僕のアドバンテージの欠如に繋《つな》がる。そして、ただの凡庸《ぼんよう》なステータスになることは、高レベル者と相対したときの武器がなくなるということだ。

それはつまり、高レベルと戦えなくなるということ……　効率的なレベル上げが望めなくなるということだ。それでは計画が頓挫《とんざ》してしまう。

何せ相手は勇者だ……　まともにやっていては勝てない。だから、これで行くしかないのだ。

まぁ、今のステータス割り振りでも、遠距離で戦うという点を常にキープできれば、比較的安全に戦える。

ただ、〔対呪〕と〔対精〕が弱すぎるのは確かに不安だ……　精神攻撃や呪いは避《よ》けられないからなぁ。まぁ……　そこらへんの欠点は別の方法で補填《ほてん》するとしよう。

「よし……　『悦覧者《アーカイブス》』」

とにかく、検索をしまくろう。強くなる方法を、レベルを上げる方法を、魔王になる方法を……　調べて、調べまくって、精査して抽出して、導き出すんだ。

僕の『悦覧者《アーカイブス》』はそれができるし、それしかできないのだから。

よし!!　やるぞ!!!

僕はやる!!

大魔王に……　僕はなる!!

……………と、思っていたのが三日前の話です。

「ぐおぉ…………　ねむぅ……」

半スライム化で身につけた『バイタルコントロール』で誤魔化《ごまか》し誤魔化しやってきたけど

……　もう無理だ。

すごく眠い……　超眠い!!

だけど……

「くふふ……　ぐふふ……!!」

できた……

できたぞ!!

マジでできたぞこれ!!

「くふふ……（多分）完璧だ!!」

これは……　黄金の計画書だ!!

よぉし……

じゃあとりあえず、当面はこの計画書どおりにレベル上げをするとしよう。

では……　早速、最初のステップだ。

うん……　じゃあとりあえず。

「完全に人間をやめよう！」

「よし、早速行動に移すとしよう……　と、言いたいところだけど」

とりあえず、当面の計画に必要な金を用意せねば。オーガを倒す時の鉄塊《てっかい》と腐蝕《ふしょく》の森に近づく時に使った高級対毒薬でほとんどお金を使っちゃったから、手持ちが大分心もとない。このままじゃそろそろ、宿代すら払えなくなるぞ。

だがまぁ……　金策の当てはある。なぜなら……

「僕には〔ガヴィードメタルオーガ鎧皮《がいひ》〕が大量にあるからだ！」

くふふ……

このオーガから剥《は》ぎ取《と》った、鎧のように硬い外皮《がいひ》が……実は素材としてめちゃくちゃ金になることはすでに調べ済みだ。

何せこの〔ガヴィードメタルオーガ鎧皮〕は王国周辺で一番強い生物の素材であるため、市場にはほとんど出回っておらず、加えて、あの硬くてしなやかな鎧皮は武器にしても良し、鎧《よろい》にしても良し、つなぎのパーツに使うも良しの、万能素材なのだ……

……と『悦覧者《アーカイブス》』に書いてありました。

まぁ、そんなわけで僕は今から大量の鎧皮を、いつものお姉さんのところへ売りに行こうと思います。よし……　じゃあ早速。

「マルス、おいで」

「ぎゅむ！」

僕がそう呼ぶと、暑苦しそうなオッサンの声と共にワインレッド色のスライムが僕の足元に寄ってくる。

このスライムは僕が実験で作った新しいスライム……　マッスルスライムだ。

このマルスは僕が、ガヴィードメタルオーガの黒い血液を元に作る「筋力超強化薬液（強力な副作用あり）」を量産し、そしてその液体の中で育てたイノスの分裂体だ。

イノセントスライムを清らかな水の中で育てれば「ウォータースライム」になるのだから、液体の種類を変えたらいろいろ変化するのでは、と考えてやってみたのだが……　どうやら実験は成功したようだ。予想どおりの筋力特化型のスライムが完成したのだから。

そして、半分スライムの僕はスライムコントロールにかけては超一流。スライムにおいては、どんな精密なコントロールだってできる自負がある。

つまり僕には、このマルスのあり余る筋力を完全に使いこなすことができるのだ。正に鬼に金棒、僕にスライムだ。

だが……

だがしかし。一つだけ問題があるのだ。それは……

「マルス……　相変わらず君は臭《くさ》いな」

「ぎゅむ!!」

このマッスルスライムは……　めちゃくちゃ汗臭いのだ。何と言うか、もう……　ああもうっ、男くせぇ!!　うぜぇ!!

「ええい!　寄るなマルス!!　早く君は外に埋めてあるオーガの鎧皮を取って来い!!」

「ぎゅむむ!!」

ああ……　もう、部屋が超男臭い。

ミドスの場合はもう笑っちゃうくらい臭いから逆に気にならないけど。マルスの臭さは……何と言うかリアルな臭さなんだよなぁ。男臭いのとか、ほんと勘弁してほしい。

「ふぅ……」

まぁ、とりあえず……　癒《いや》されにお姉さんのところへ行こう。


「こんにちは」

僕はお姉さんの工房の扉を開け、そう声をかける……

すると、部屋の奥の方からいつものお姉さんがのっそりと出てくる。今日も黄金色の瞳が妖《あや》しくて素敵だ。

「やあ、少年か……　今日はどうした?」

お姉さんは、ニコリと小さく笑う。うむ、僕を見て微笑《ほほえ》むということは、もしかして僕のこと好きなんじゃないのだろうか？　もしかしてフラグが立ったのでは？

……………………いや待て童貞。

早とちりが悲惨な結果しか生まないのは、エロゲで学習済みのはずだ。

落ち着くのだ僕。落ち着いて、正しく戦況を見極めるのだ。

「今日はですね、これをお姉さんの店で買い取ってもらおうかと思いまして」

僕はそう言って、パンパンにふくらんだ皮袋を取り出す。そしてその中身を開いてお姉さんに見せた。お姉さんは「どれどれ」と言いながら袋の中の真っ黒な鎧皮に触れる。

すると……

「え…………こ……え!?　これは!?」

お姉さんは絶句して硬直した後、ぷるぷると震えながら素材を凝視《ぎょうし》する。

む……　黄金の瞳がらんらんと輝いているじゃないか。かつてない食いつきだ。

「こっ！　こょ！　これはッ!!　ガヴィードメタルオーガの鎧皮じゃにゃいか!!」

お姉さんが噛《か》みまくりながら、目を見開いて僕に顔を近づける。

ちょ……　ちかいちかい、顔近いよお姉さん？　え？　なに？　これキスとかしていいのかな？

……………………いや待て童貞（以下略）

「え！　ど、どうしたの？　これどうしたの!?　教えて！　シルヴィアにもどうやったのか教えてよ!!」

あれあれ？　お姉さん？　口調がいつもと違いますよ？

てか一人称が自分の名前ですか、そうですか。

ふむ、それは何と言うか……　たいへん結構だと思います。

「これは、僕が倒して剥いできました」

「君が!!　凄《すご》い!!」

僕がそう答えると、お姉さんが目の前でピョンピョンと跳《は》ねる。すごく楽しそうだ。

……………ん？

てか、お姉さん身長縮《ちぢ》んでない？

あれ……　おかしいな？　なんだかお姉さんの姿がぶれて見えるぞ？

んん？

ん…………？

あ…………　幻術か。姿を偽《いつわ》ってたのか。ふむ……

「えっと……　お姉さん？」

「はい!!」

僕がお姉さんに声をかけると、お姉さんは元気に返事はするものの、実際は「うわぁぁぁ初めて見たぁ、すごく綺麗《きれい》、すごくすべすべだよぉ」と呟《つぶや》きながら鎧皮に頬《ほお》ずりしてい
……

た。もう素材まっしぐらである。

　本当に嬉《うれ》しそうに頬ずりをするお姉さん。うん…………　僕は今、素材になりたい。

「それで……　買取のほうはどうですか？」

「え……！　ぁ…………ぅぅ……」

　そんな浮かれているお姉さんに声をかけると、お姉さんは一度びくっとなり、そのあとシュンとしてうつむいてしまう。

「え、えっと…………　少年には悪いけど、私の店には任せないほうがよいと思う」

「……え？」

　お姉さんは、オーガの鎧皮をぎゅっと抱きしめながら、申し訳なさそうに僕に言う。

「私の店は……　その、見てのとおりの小さな店だから」

　お姉さんが僕をチラリと見つめる。

「市場でいいように買い叩《かたた》かれてしまう……　これほどの素材なら、もっと大きな店で頼んだほうがいい、そのほうが高く買い取ってもらえる」

　彼女はおずおずとしながら僕にそう告げるのだった。

「なるほど……　そうなのですか」

　不甲斐《ふがい》なさそうに、そしてちょっと泣きそうになりながら視線を逸《そ》らすお姉さん……

　ほう……　今のは萌《も》えポイント高いな。

「わかりました」

僕はそんなお姉さんに萌えながら、そう言葉を続ける。

「うん……」

それに、残念そうにして目を伏《ふ》せるお姉さん。

「じゃあ、お姉さんのところに頼みます」

「えっ!?」

そんなお姉さんに僕がそう言うと、お姉さんはとても驚いたようにして僕を見やる。

目を見開いて「なんで!?」という表情で僕のことを見上げる。

「な、なんで？　だ、だって、シルヴィアのお店は力がないから……　多分大手のお店より三割は安く買われちゃうよ!?」

また、口調が元に戻るお姉さん。

ふふ……　二十二歳で実はロリ体型で興奮するとロリ口調か……　うん、設定盛《も》りすぎだな。

だがそれがいい!!

「いえお姉さんで良いんです、お姉さんは全てを正直に話してくれました、この国に来て間もない僕が今一番欲しいのは、何よりも信用できる人です」

僕はお姉さんを見つめてそう言う。

「お姉さんは正直で、いつも仕事が丁寧だ……　だから信用できます」

そしてお姉さんにニコリと微笑む。

「お姉さんに任せたいんです……　いいですか？」

僕は優しげにそう言ってあげるのであった。

お姉さんは……

「は…………　はいっ!!」

背筋を伸ばし、僕の言葉に感動したかのように、僕を見上げる。少しだけ涙を浮かべ、感極まったように口をわやわやとさせている。どうやら僕の言葉が……　よっぽど嬉しかったようだ。

くふふ……　これはもしかしてフラグ立ったんじゃないか？

「それでは、お任せしますね」

てかまぁ、ぶっちゃけると僕もガヴィードメタルオーガの市場価格は知ってるんだけどね。

そして、お姉さん程度の店舗《てんぽ》では、市場価格から三割ほど差っ引《び》かれることも知っている。

だがまぁ、僕が今現在必要としている金額は、〔ガヴィードメタルオーガ鎧皮〕の市場価格の五割ほどでこと足りる。なので、一応は問題ないのだ。

まぁ、そもそも大手は身元を明かさないと買い取ってくれないから、どのみち僕には選択肢がないんだけどね。

大手は大抵《たいてい》王族と繋がっているから、身元が明らかにされたら、困る。下手《へた》したら鳳崎に僕の現状が知られてしまうやもしれない。それは避《さ》けたいところだ。

まぁ、そんなわけなのだが、そこらへんの事情はサクッと横に置いておいて、ここはお姉さんに恩を売っておこう。そしてその恩に付け込んで、ゆくゆくは…… くふふ。

ああ、シルヴィアたん可愛《かわい》いよ…… はぁはぁ。

「それと、もう一つ仕事をお願いしたいんですが…… いいですか？」

「はい!!」

元気に返事をするシルヴィアたん。うん、作ってるキャラが完全崩壊してるな。

「必要な素材をリストにまとめておいたので、鎧皮を売ったお金でこれらを買い揃《そろ》えておいてもらえますか？」

「わかった！ シルヴィア頑張ります！」

にこにことして僕を見上げるシルヴィアたん。ああ…… ぺろぺろしたい。

「あと、お姉さん…… 幻術解けてますよ？」

「うぇ……？ ッあ!?」

僕がそう言うと、慌《あわ》てて自分の体を見回すシルヴィアたん。

「え…… ええとだな…… 背の低い女店主では舐《な》められてしまうと思ってだな」

今更、真面目顔しても遅いですよお姉さん。もうあなたのクールキャラは完全粉砕しています。

「わかってます……　いろいろ大変なんですよね？　女の子一人でお店やっていくっていうのは」

僕はそう言ってシルヴィアたんの頭を撫《な》で撫でしてあげる。シルヴィアたんは僕のみぞおちのあたりまでしか身長がないから、とても撫でやすい。

シルヴィアたんは僕が撫でてあげると、僕を見上げてぱぁっと顔を輝かせる。

「ふぁ……　うん…！　そうなの!!　いろいろ大変なの!!」

もう、キャラ設定がったがたですね、お姉さん？


と……　そんな感じで僕はシルヴィアたんとしばし戯《たわむ》れ店を後にした。

幸い必要な素材の中で、真っ先に必要だった「黒曜《こくよう》精霊石のインク」と「契約魔道書原本（最高級）」はお店にあったのですぐ手に入った。シルヴィアたん曰《いわ》く「こんな高級品売れたの初めて！」とのことで、きゃいきゃいとはしゃいで喜んでいた。

うん……　今度もっといろいろ買ってあげよう。

とにかく……

これで次のステップに行くための準備は整った。

あとはシルヴィアたんが、他の素材を揃えるまでに……　この「契約魔道書原本（最高級）」に「黒曜精霊石のインク」で契約書を書き込む。そして、予定どおりに……

「さぁ……　悪魔と契約をするとしよう」

くふふ……

さあ、計画の始まりだ。

王国から少し離れた平原。

「さて……　始めようか」

僕はそこで一人そう呟く。

僕の足元には丸一日かけて書いた魔法陣。この魔法陣で僕はこれから悪魔召喚《しょうかん》を行うのだ。

僕自身に悪魔召喚系のスキルはないが、この悪魔召喚の魔法陣はそういったスキルを必要としないものである。ただ、その代わりに「大量の死者の怨念《おんねん》」と「大量の血液」を必要とするのだが……。

しかし、先日僕が大量虐殺を行ったこの場……　つまり「ガヴィード平原」であればその条件を満たすことができる。そう……　ガヴィードメタルオーガの怨念が渦巻き、黒い血液を大量にぶちまけたこの場所であれば、この魔法陣が発動するのである。

ちなみにこの魔法陣は、高難易度の「悪魔誕生」の契約式であるが、魔法陣は一番上等なもので書いたし、それに目的が下級悪魔の誕生だから、まぁなんとかいけるだろう。

「いくぞ……」

そして僕は魔法陣に魔力を流し込む。僕自身の魔力は少ないけど、この手の召喚契約は元々悪魔側が人の魂を搾取《さくしゅ》するためのものなので、召喚側の魔力はあまり必要としないのだ。

「お……　ぉぉ……　すげ…」

僕が魔力を流し込んですぐに、魔法陣が不気味に発光し出す。紫と黒が混じったような……「不吉」を濃縮したような色の光が、うねうねとしながら魔法陣からはみ出してくる。正直キモい。

「…………貴様か？　我《われ》を呼び出したのは」

やがて、うねうねした光が魔法陣の上で絡《から》まりあって固まって……　そして悪魔の姿へと変わる。

現れたのは、何と言うか……

「そ、そうです」

ヤギの頭で、真っ黒なムキムキで、でかい蝙蝠《こうもり》の羽で……　ザ、悪魔って感じの悪魔だった。

これが「上級悪魔」の「中層」か……　テンプレな見た目に反して、凄いプレッシャーだな。

流石《さすが》は上級悪魔だ。

悪魔は「幻界」から「現世」に呼び出されると、その力が半減するというが……　これで半減というのだから恐ろしい。

たしか文献によれば、半減していても推定2000レベル。弱くなってはいても、相当なレベルだ。まぁ、今の僕の〔力〕のステータスなら、条件が整えば戦えないことはないけど……だけど、1000レベル超えはスキル数が尋常じゃないというし、なにより悪魔は呪いや精神攻撃を得意としている。つまり僕との相性は最悪ということだ。多少条件が整っていたとしても、油断していい相手じゃない。100％勝てると思っていても、まだ足りないくらいだろう。

もう絶対に油断はしない……　ガヴィードメタルオーガの二の舞は御免だ。

「よ、呼び出しに応じてくださり、ありがとうございます」

なので、完全に下手《したて》に出ておこう。取るに足らない弱者だと思わせておこう。変に意識されたら困る。

「ふむ……　して小僧」

悪魔が腕を組み、僕をみおろして声をかける。

「貴様はどのような悪魔を望むのだ？」

悪魔は禍々《まがまが》しいオーラをくゆらせ……　底冷えのするような声でそう言う。

それに僕は……

「い、淫魔《いんま》を……　下級の最下で良いのでサキュバスを僕に下さい」

そう答えたのだった。

「ふむ、では貴様に下級サキュバスの最下クラスをくれてやろう……　それで良いな？」

「は、はい……　それでお願いします」

上級の悪魔は下級の悪魔を作り出すスキルを持つ。

上級悪魔を召喚して、「対価」と引き換えに下級悪魔を生み出してもらう。そしてその、生まれたての悪魔と契約をする。これこそが悪魔誕生の契約召喚だ。

「では対価として貴様の寿命をいただく」

「は、はい……」

すでにいる悪魔と契約する普通の契約召喚と違い、誕生の契約召喚はまっさらな悪魔と契約できるため、その分制約を好きにいじることができる。つまり、悪魔を好き放題できるということである。

だが……　対価として寿命を要求されてしまうのが、この契約の難点だ。

「そうだな……　では貴様の寿命はあと一年だ」

「…………え!?」

悪魔が静かに、僕にそう告げる。僕はそれに、驚愕《きょうがく》する。

「当然であろう？　貴様のような50レベルそこらの人間に悪魔を与えるのだ、それくらいが妥当であろうが」

ニタリと悪魔のような笑みを浮かべる悪魔。

「え………　ええっ!?　そ、そんな!!　あと一年なんて、そんなのはあんまりだ!!　ぼ、暴利だ!!」

僕はそんな悪魔に、怯《おび》えたようにしながらも抗議をする。

「では早速貴様に、望みの悪魔をくれてやろう……　出《い》でよ」

「うぁあっ!!　やめてくれぇ!!　な、なしだ!!　さっきまでの契約はなしだ!!　やっぱやめる!!　一年なんてあんまりだ!!」

僕は叫びながら悪魔にそう訴えるが、悪魔はそれを気にも留めず下級悪魔を錬成《れんせい》してゆく。

そして、あっと言う間に出来上がる小柄な異形の美少女。

サキュバスというにはいささかグラマラスさに欠ける少女が現れたのだった。

「残念だったな小僧、もう悪魔は出来上がってしまった、契約は履行《りこう》された……　解除は不可能だ」

悪魔は少女を作り出すと、僕を見下し、そう吐き捨てる。

「そ、そんなああああ!!」

悪魔の言葉に崩れ落ちる僕。

そして、生まれ落ちた少女もまた、ゆっくりと目を開いてそんな僕を見下すのだった。

「では、来年の今日、貴様の魂を奪いに来る……　せいぜい余生を楽しむのだな」

そう言って悪魔はまた魔法陣の中へと消えてゆく。

「うわあああああああああ!!」

僕はそんな悪魔を見送り、慟哭《どうこく》を響かせるのだった。


くふふ……


「おい、お前」

僕のそばで立っていた小悪魔が僕に近寄り、僕の頭をその足で踏む。

「な、何をするんだ貴様ぁ！　ご、ご主人様を足蹴《あしげ》にするなんて！」

僕は小悪魔の足を撥《は》ね除《の》け、そう怒鳴《どな》る。小悪魔はそんな僕をゴミを見るような目で見下す。

「はぁ？　ご主人？　何を言ってるのお前、お前がご主人なわけないじゃん」

「な!!　何を言ってるんだ君は!!　だって君は契約で……」

僕は怒ったようにしながら、そう言って立ち上がる。

「契約ねぇ……」

「な！　何だよっ!!」

わめく僕を、鼻で嗤《わら》いながら冷たくそう言う小悪魔。

「お前馬鹿でしょ？　契約内容を碌《ろく》に決めてなくて、何が契約よ……」

「え……」

僕を見下して嘲笑《あざわら》う小悪魔。僕はそんな彼女を見ながら唖然《あぜん》とする。

「わかる？　お前はあたしと主従の関係すら契約していないんだよ」

「そ、そんな……」

少女は僕をみおろし、僕は少女を見上げ愕然《がくぜん》とする。

「いいカモね、お前……　まったく、50レベルそこらの人間が悪魔召喚なんて高度な契約に手を出すからこんなことになるんだよ」

「う……　うぅ」

ひざまずいて地に伏せる僕、そんな僕を踏みつける小悪魔。

「さぁ、選べ……　あたしの下僕となって一年を過ごすか、それとも今この場で死に絶えるか」

小悪魔は冷徹に微笑み、怯える僕にそう言い捨てる。

僕は……

「ううあああ!!　いやだああああ!!」

やけになり、小悪魔に襲いかかる……

そして小悪魔を押し倒し、その上に覆《おお》いかぶさる。

「いやだあああ!!　殺されるくらいなら、今この場でお前を犯してやるぅぅぅ!!」

僕は小悪魔の上で、そう叫んだ。

すると小悪魔は……

「ちっ……　使えない豚め、もういい、今すぐ殺してやる」

ギラリと目を光らせ、そして……


「え……？　あれ？」

そして、キョトンとした顔をする。

僕はそんなキョトンとした小悪魔の唇を、強引に奪った。

「んぅ!?　ちょ!!　ぅえ!?　えっ!!　ぇえ!?　な……　なんで!?」

驚き、慌てふためく小悪魔。僕はそんな小悪魔の唇を執拗《しつよう》に奪う。

「んんっ!!　ちょ……　ほんとやめてぇ……!!　え……　なんで？　これ、なんでなの!?」

予想外の事態に動揺し、怯え、困惑しながら、馬乗りになる僕を見上げる小悪魔。

「くふふ……」

僕はそんな彼女を、押さえつけたまま見下す。

ああ……　最高に気持ちいい。自分が優位だと思ってる奴を騙《だま》して、立場をひっくり返して、貶《おとし》めて、見下すのは最高に楽しいなぁ。

「くふふ……　僕が契約をしてない？　何を馬鹿なことを」

「え？」

僕は小悪魔をみおろしながらそう言い、そんな僕を小悪魔が怯えて見上げる。

そこで僕は、小悪魔の顔の真横に、僕は「ドンっ」と辞書サイズの分厚い本を叩きつけた。

「ひぃ……ッ!?　え……　こ、これは？」

怯えながら僕を窺《うかが》う小悪魔。ああ、いいね……　怯える少女って最高に滾《たぎ》るよね。

「これは全部、君との契約内容を事細《ことこま》かに書き記した……　契約書だよ」

「…………………え？」

僕はニコリと小悪魔に微笑む。小悪魔は唖然として僕を見上げる。

「君との力関係から、禁則事項《きんそく》、体の形まで……全てを細かく記した完全な契約書さ」

そう……　これは「黒曜精霊石のインク」で「契約魔道書原本（最高級）」に三日間徹夜して書き込んだ、一切の不備の無い、完璧な悪魔との契約書。

魂レベルでのリンクを強制する「魂悪魔導契約書《グリモア》」の複製書だ。

くくく……　そんな、悪魔にしか知られていない本ですら閲覧《えつらん》できるのが僕の『悦覧者《アーカイブス》』だよ。

「そ、そんな……　で、でも……　契約の時にそんなこと言ってなかったじゃないか!!」

小悪魔が動揺しながらそう言葉を続ける。

「知らないのかい？　余命一年とか……　そういう高価な対価が必要になる契約では、契約書があって当たり前なんだよ？　いちいち確認する必要はないんだ」

人間が知らないだけで、ちゃんと悪魔側の契約書式には、そういう細かい取り決めがある。

それも「魂悪魔導契約書《グリモア》」には書いてあるんだけどね。

「契約書があることを確認しなかった……　これは君のお父さんの落ち度だよ」

まぁ、こんな高度な契約書を用意するような奴だったら、あの悪魔も僕との契約には応じなかったろうがね。何せ……　そういう奴は契約を踏み倒す危険性があるのだから。

「だから、君は逃げられないよ？　君は完全に僕の下僕だ、いや……　性奴隷かな？」

「そ、そんな……　こんな50レベルくらいの奴が」

小悪魔は僕を見上げ「なぜ……」と小さく呟く。

「50レベル？　何を言ってるんだい？　僕は500レベル超えだよ？　……ほら」

「え……　ええ!?」

僕がレベル情報を公開してあげると、小悪魔は心底驚いた顔をして僕を見上げる。

くふふ……　下級悪魔の最下と言えば、レベルの相場はおよそ80前後。

下だと思っていた奴が、自分より遥《はる》かに上だったんだから、そりゃあ驚くよね？

ふふ……　実にいいアホ顔だ。

「な……　なんで？」

相手が自分より格上だとわかった瞬間に、青ざめる小悪魔。

「くふふ……　簡単な偽装だよ」

僕のスキル『バイタルコントロール』を使いこなせば、そんなことはたやすい。

自分の体の表層を、低レベルな細胞で組織しておくことくらいならね……。

「ど、どうしてお前みたいな奴が、余命一年の理不尽な契約を？」

小悪魔は「わけがわからない」といったふうでそんなことを僕に尋《たず》ねる。

「ふふ……　それは、今後の計画に、悪魔と魂レベルでリンクできるような、濃厚な契約が必要だからだよ」

僕がそう言いながら、小悪魔の頬を撫ぜると小悪魔は怯えたようにびくっと体を震わせた。

ああ、いい顔だ……　怯えた小動物みたいなその顔、最高に愛らしいよ。

「それに……　どのみち契約は踏み倒す予定だからね、構わない」

僕はそう言って、小悪魔にニコリと微笑む。

「ひぃ……!?」

そして、そんな僕の笑顔に顔を引きつらせる小悪魔。……その反応はちょっと失礼じゃないかい？

「さぁ……　そろそろ本格的に契約を履行しようか」

僕はそう言って小悪魔の額に口づけをする。

小悪魔がそれに、小さく「ひっ」と悲鳴をあげた瞬間……　小悪魔の体が輝き出す。

「え……　ぁ……!?　ん!!　うぁっ！！！」

悲鳴をあげる小悪魔。その体は紫色の綺麗な光に包まれる。

「……………え？　これ、に、人間!?」

そしてその体の光が収まると……　小悪魔は、容姿はそのままに体つきを人間と同じものへと変化させていた。

「そうだよ……　大体十二歳くらいの少女ってとこかな？」

ピンク色の髪に、白い肌、あどけなさの残る顔つきに、青い果実のような瑞々《みずみず》しい肉体。

キャラ付けとして、耳と尻尾に申し訳程度の悪魔要素を残した、悪魔っ娘《こ》コスプレ風幼女……

やべぇ、なんて破壊力！

ああ、全てがパーフェクトだ、実にすばらしい！

「見た目も体も全てが契約書どおり……　僕好みにカスタマイズされてるからね」

この契約書では、心以外の全てが僕の思うがままなのだ……　くふふ。

「さぁ……　始めようか」

僕はそう言って小悪魔の首筋を撫でる。

「ひぅ!?」

そんな僕のスキンシップにびくんと体をはねさせる小悪魔。

くふ……「僕が意識して触れると性感倍増」の契約がちゃんと働いているようだな。

どうやら細部の契約まで、ちゃんと機能しているらしい。

「な、何をする気……　だよ」

怯えながら僕を見上げる小悪魔。

「主《あるじ》がサキュバスにすることなんて……　そんなの決まってるだろ?」

僕はそんな小悪魔を馬乗りのまま見つめる。

「くぅ……　初めてが外かよぉ…」

僕がそう言うと、小悪魔は観念したようにして目を逸らすのだった。

「あ……　ちなみにサキュバス特有の性感はなくして、普通の少女と同じにしてあるから」

「え……？」

僕はそんな小悪魔にニコリとする。

「だから、痛いと思うけど頑張って！」

「ぐぅ………　この鬼畜野郎ぉ!!」

すでに泣きそうな小悪魔ちゃん。

やべぇ、マジ最高。

淫乱ピンク最高!!

「そうだ……　君に名前をつけてあげようね」

僕は小悪魔の耳の裏を撫でながらそう言う。

「んく…ぁ…　な………名前？」

小悪魔は、涙目で顔を赤くし、軽く身じろぎをしながらそう答える。

くふ……　いい反応だなぁ。

「そうだなぁ……　じゃあ君の名前は今日からマリアだ」

「マリ……　ア？」

家で昔飼ってた猫の名前を適当につける僕。

「マリア……　かぁ……」

それに、満更《まんざら》でもなさそうな反応をするマリア。

「じゃあマリア？」

「え？　な、なに？」

僕はマリアに微笑み、マリアはそれに少しだけ照れくさそうにして答える。

「ご主人様の頭を踏んづけたお仕置きだ…………せいぜいいい声で鳴いてくれよ？」

「へ…………？　え？　ひゃ!?　ぅえええ!?　い、いきなりそんなとこ舐める!?　やぁっ！　ん！　ぅあああああぅ!?」

僕はこの後めちゃくちゃ◯◯◯《えすいーえっくす》した。

STATUS

御宮星屑 GOMIYA HOSHIKUZU

Lv 522

種族ー人間（半スライム）
装備ーなし
ＨＰー1050／50（＋1000HP分のスライム内蔵）
ＭＰー10／10

力	2610	**対魔**	0
魔	0	**対物**	0
速	0	**対精**	100
命	2610	**対呪**	0

【契約魔】マリア（サキュバス）
【使い魔】イノセントスライム／ミッドナイトスライム／内蔵スライム（×1000）／マッスルスライム
【称号】死線を越えし者（対精＋100）
【スキル】『悦覧者《アーカイブス》』『万里眼《ばんりがん》（直視）』『ストーカー（X）』『絶殺技《オメガストライク》』『火とめ焔れの一夜《ハートストライクフレイム》』『バイタルコントロール』

復讐過程　その8　倫理観なんてのは所詮人間のくだらない価値観

［ロベルト・デイモス著　「悪魔契約事項」　より抜粋］
悪魔と高位の契約を結ぶことは、その悪魔と魂で繋がることと同義であり、つまりは契約者の魂に魔を宿すということである………

「ねぇ、星屑《ほしくず》」

「なんだい、マリア？」

夜の平原。僕は今、マリアと一緒にガヴィード平原を歩いている。

僕が夜道を歩き、マリアはそんな僕の背中におぶさっている。

「あたし、もう疲れたよぉ…」

マリアは不機嫌な顔をして、僕の首元をぎゅうっと絞める。うむ、ささやかな胸が背中に押しつけられてたいへんよろしい。

「ほぉ、歩いているのはずっと僕なのに、疲れたと言うのかい君は？」

僕はおんぶをして抱《かか》えているマリアの太ももに、爪を思い切り立ててそう言う。

「ひぅ!!　ぁ……っ…　つ、疲れたものは疲れたんだよぉ」

マリアは、その痛みに涙を浮かべながらも、少しだけ顔を赤くする。

「じゃあ、歩くか？　ここで投げ捨ててもいいんだけど？」

僕はそんなマリアの顔を横目で見ながら、冷たくそう言い捨てる。

「うぅ……!!　ちょっと休憩しようって言ってるんだよぉ!!　この馬鹿ぁ!!」

マリアは、僕に冷たい視線で見られながらも、さらに顔を赤くしてそう喚《わめ》く。

「ほぉ……　ご主人様に馬鹿とはいい度胸だな」

僕はそう言って、首に回されていたマリアの腕に噛みついた。それも、わりと強く、歯型が残る程度に。

「ひゃぃう……っ!!　か、噛むな馬鹿ぁ!!」

体をビクリと震わせて、頬を真っ赤にするマリア。悪態をつきながらも、その表情はどこか嬉しそうだ。

うん……　まぁ、なんてことはない。要するにマリアは、僕にいじめてほしくて反抗的な態度をとっているようなのだ。そんなエロゲキャラを見たことがあるので多分間違いないと思う。

まぁ、仮に間違いだったとしてもどのみちマリアは僕の所有物だ。僕の好きに楽しむさ。

「休憩はしない……　このまま行くよ」

「むぅ……」

僕がそうぴしゃりと言うと、マリアはむくれながらも黙る。

契約での情事以来、マリアは何だかんだで僕に従順だ。

まぁ多分、あの後の抜かず二十四時間が相当効いたのだろう。完全に上下関係を刷り込むことに成功した。

しかし……二十四時間とか我ながら凄いな。流石は僕の性欲と『バイタルコントロール』の力だな。

まぁ、あれだ……僕も童貞だったからなぁ。ついがっついちゃったぜ。

「うぅ……足腰立たないの、星屑のせいなのに」

僕の背後でマリアが文句をたれる。

まぁ、無視である。マリアは僕の所有物、どう扱《あつか》おうと僕の勝手なのだ。

僕は、そのままガヴィード平原を行くのであった。


「お……いるいる」

「ひぃ……！　な、何アレ!?」

僕らがガヴィード平原を歩いていると、複数の黒く蠢《うごめ》く影に遭遇した。

「な……　ほ、星屑!!　なにあれぇ!?　お化け!?」

震えながら僕にしがみつくマリア。おいおい悪魔……　お化け怖がってどうする。

「あれはゾンビだよ」

僕はそんなマリアに、小さくそう答えた。

「ゾ、ゾンビなの……?」

そう……　あれはゾンビ。僕が殺して鎧皮を剥いで放置した、ガヴィードメタルオーガの成れの果て。オーガゾンビだ。

僕が殺したオーガは、たしか百以上のはずだけど……　どうやらその中でゾンビになれたのは六体くらいらしい。まぁ、一匹いれば十分なんだけどね。

「マリア……　あの中でどれが一番弱い奴かわかるか?」

「え……　た、多分だけどあの一番ちっちゃい奴じゃないかなぁ」

ふむ、やっぱそうだよな。あいつ、両足ないから動きも遅いみたいだし。

よし……　じゃあまず、あいつ以外を殺そう。

「マリア……　ちょっと降りてろ」

「え……?　う、うん」

僕はマリアを降ろし、そして街で買ってきた鉄塊に聖水を振り掛ける。

そして……

「よっ……！」

僕はそれを軽くゾンビへと投げる。

その直後に、「ボッ」っという風切り音と、「パァン」という破裂音が響いた。そして……

両足のないオーガゾンビ以外の、五体のオーガゾンビが一瞬にして四散したのだった。

うん……　脆《もろ》いな。ゾンビ化してるとはいえ、最早《もはや》、硬い皮を剥がれたただのオーガ。生前と同じでレベルは高くても、その防御力は半分以下だ。先制攻撃さえできれば怖い相手じゃない。

「え………」

ポカンとして、その四散したゾンビを見つめるマリア。

「へ……？」

そして、ゆっくりと僕を見上げるマリア。

「星屑………　ほんとに強かったんだ」

マリアは頬を少し赤くしてそう呟くのだった。

……え？　ほんとにってどういうことだい？

「まぁいいか……　とにかく、ここからが本番だ」

僕はそう言って、残る一体のオーガゾンビへと近づく。

「あっ……　待ってよ星屑！」

そんな僕の後から、足腰がおぼつかないまま追従するマリア。

「くふふ……　さぁ始めようか」

僕はオーガゾンビの攻撃範囲へと入る。オーガゾンビが僕を捕捉《ほそく》し……　そして僕にズリズリと近寄る。僕はそんなゾンビにさらに近づく。

「ちょ!!　星屑!?　それ以上近寄ったら噛まれちゃうよ!?」

少し離れたところでそう叫ぶマリア。

ふふ……　噛まれちゃうだって？　何を言ってるんだマリア。

僕は……

「噛まれるためにここに来たんだよ」

迫り来るオーガゾンビにがぶりと腕を噛ませたのだった。

「うぐ!?　………っち、やっぱ痛ぇ!!」

僕は、右手を噛まれた直後に、左手で思い切りオーガゾンビの頭を吹き飛ばす。そして聖水を投げつけて止《とど》めを刺したのだった。

「ちょ!!　星屑!?　えぇ!?　なんで噛まれたの!?　ええッ!?　このままじゃ星屑がゾンビになっちゃうよ!?　なんで!?　星屑、馬鹿なの!?」

僕が噛まれてすぐ、マリアが僕の下《もと》へと駆けつけて喚く。

「うぐぅ……」

しかし僕は、ゾンビの呪いで体中が熱くなるのを感じ、地面にうずくまる。

ゾンビに噛まれるとゾンビになる。

それは冒険者にとって周知のことであり、同時に最も気をつけなくてはならないことだ。なぜなら、この世界のゾンビに噛まれると数分のうちにゾンビ化してしまい、しかも一度ゾンビ化してしまったらもう二度と人間には戻れないからだ。対処法はただ一つ。噛まれた直後に聖水を飲み込むことだけ。

「ほ、星屑!!　聖水飲みなよ!!　ほらぁ!!」

「ぐ……　いい……」

しかし僕は、その唯一の対処法を拒絶した。

「なんで!?」

それに驚くマリア。

「ぐぅ……」

そして僕の体のゾンビ化が始まる。

体が熱く狂気に冒《おか》され、精神が崩壊する。

燃えるように体が熱くなったかと思えば、今度は次第に冷たくなり、硬くなる……　そして生気が少しずつ失われてゆく。

その先に訪れるのは完全な静止。

完全に動かなくなった後は……やがて緩慢《かんまん》な動きで起き上がり、知性の宿らない瞳で闇夜を徘徊《はいかい》するのだ。

ゾンビとして………　これから一生。

御宮《ごみや》星屑は……

今……　死んだのだ。

「ほ、星屑？　………………うそ」

まぁ、それは嘘《うそ》なんだけど。

「ん、よし！」

「…………………へ？」

僕はスッと立ち上がる。

うむ……　体は冷たいけど、硬くはない。意識もはっきりだ。よし、上手《うま》くいったみたいだな。

「え…………　どういうこと？　ゾンビにならなかったの？」

マリアがポカンとして僕を見上げる。

「ん？　ゾンビだよ？」

僕はそれに、普通にそう返す。

「え？　………え？　で、でもゾンビって腐ってて、うーとかあーとか言って動きが鈍いアレじゃないの？」

困惑したようにして話し出すマリア。

「あー、まぁ、そうなんだけどね……　とにかく僕はそこらへん大丈夫なんだよ、凄いから」

僕はそんなマリアに適当に返す。てか、説明するのがめんどくさい。

「そ、そっか……　だ、大丈夫なんだ……　ほ、星屑は凄いんだね」

そんな雑な説明で納得するような頭が弱い子に説明するのは、めんどくさいのだ。

ましてや……

魂レベルの契約を悪魔とすることで、魂に魔を宿らせ、それにより「魔」そのものの耐性……つまり「魔性」への適合性を得て、ゾンビ化による精神の魔物化にも対応し、逆に支配したなんてことは……　まぁ、説明しても無駄だろう。

「あ……　でもこの後体腐ってくるんじゃないの？　さ……　さすがに腐った体に犯されるのはイヤなんだけど」

マリアがそんなことを言いながら、心配そうに僕を見る。ちょっと、見てみたい気もするけど……む……　何だそのマニアックなシチュエーション。

「いや、大丈夫腐らない、僕凄いから」

そう、僕は腐らない。

ゾンビの腐敗ってのはそもそも、魂が怪物化したことによる、魂と肉体のリンク切断が原因なのだ。だが、僕はこのとおり、肉体が半分スライムで、しかもそのスライムは僕の使い魔なわけだ。

つまり僕の場合、魂と肉体のリンクが切れても、肉体を使い魔として生かしておけるってことなのだ。だけど、肉体が腐ったそばからスライムで再生するから……　僕は近日中に全スライムになることだろう。

「そっか……　良かった」

僕の言葉を素直に信じて安堵《あんど》するマリア。

うん、やっぱ一番弱いサキュバスだからおつむも弱いんだなぁ。人とか騙せなさそう。

まぁ、基本的に下級最下のサキュバスなんて一端《いっぱし》の魔法使いからしたら、ヤリ捨てしてなんぼみたいらしいしなぁ。

だけど、僕は馬鹿な子大好きだからね……　ヤリ捨てなんてしないよ?

ずっと可愛がってあげるからね。一生だよ……　くふふ。

「ひっ…………」

びくっと震えるマリア。

「どうしたの？」

「いや……　なんか今、嬉しいような、人生のおしまいのような……　よくわからない悪寒が走った」

悪寒て……　失礼な奴め。まぁ、嬉しいならいいけど。


「さて……　じゃあ次は墓場に行こうか」

僕は、体をひととおり動かして調子を確認するとマリアを見てそう言う。

「え……　墓場？」

「そう、墓場」

僕はマリアをひょいと荷物のように担《かつ》ぎ上げる。

「きゃ…!?　ちょ……　人を荷物みたいに……　って!!　お尻撫で回すなぁ!!」

僕に肩で担がれながら、じたばたと暴れるマリア。うるさいなぁ。

「マリア……　飛ばすからしっかり捕まってろよ」

「え？」

僕はマリアにそう言った直後に……　「ドンッ!!」と地面を蹴《け》り、そして高速で走り出す。

「うえええええええええええええっ!?」

マリアの悲鳴を置き去りにして、僕は凄《すさ》まじい速さで野を駆け巡《めぐ》る。

夜のひんやりした風が、高速で頬を撫ぜる。

「くふふ……　これは想像以上だな」

この人間離れしたスピード……　これこそがゾンビの……　いや、知性あるゾンビの真の力。

死した肉体すら動かす、強力な魂の力、『魂魄支配《オーバーソウル》』である。

これこそがゾンビの本質にして、真の力だ。

強力な魂の力により、自分の肉体を完全に支配する力なのだ。

この体には呼吸もいらない、血もいらない、汗も出ない、疲れない。

しかもスライムだから痛まない!!

そして何よりこの力は……

僕の２６１０ある〔力〕のステータスを限界以上に引き出して、使いこなすことができるのだ!!

ああ凄い……　これはマジで凄い。肉体の操作が完全にイメージどおりだ。

「ああ、僕……　ついに人間、完全にやめちゃったなぁ」

だけど……　気分は最高だ。

そして……

「まだこれで終わりじゃないよ……」

くふふ……　ゾンビ化なんて、まだ序の口さ。


［称号］　冒険者　エザーリス・リドアー著
称号とは、ある特定の偉業を達成した者に与えられる、天よりの贈り物である。

その多くはステータス上昇などのプラス補正が働くものであるが……

中にはそれだけではないものもある。

例えば白い翼を生やすことができるようになる「天に使えし者」など、身体的な変化が起こる称号もあるのだ。


深夜……　僕とマリアは王国北門から徒歩十分ほどの墓地に辿《たど》りついた。ここは、無縁仏《むえんぼとけ》や犯罪者がとりあえず埋葬《まいそう》される墓地である。まぁ……　墓地というにはいささか簡素すぎる、名前と没年が刻まれただけの石が無数に並ぶ場所だ。

「うぉぉ……　星屑ぅ……　ここ、すごく怖いんだけど」

僕の腰にしがみついて、ガクプルと震えるマリア。

「そうかい？　僕はすごく居心地いいけど」

辺りは薄暗く、空気はひんやり冷たく、そして青白く光る「夢幻虫《むげんちゅう》」が飛び交う……　そんな場所。うん、実に快適だ。ゾンビだからかな？

「で……？　星屑はここに何しに来たの？」

マリアがぷるぷると震えながら僕を見上げる。

「ん？　僕は死肉を食いに来たのさ」

僕は、そんなマリアのことをみおろしながらニヤリと微笑む。

「え……？　ぉ………お、汚食事に？」

僕がそう言ったとたん、顔をびきりと引きつらせ、ずりずりと後ずさりをするマリア。僕との距離をあけ、ドン引きをする。

「そ……　それなら、あたしは宿屋に帰ってるよ……　あ、あははは」

そして、くるりと背を向け、一人帰ろうとするマリア。

「うふふ……　マリア、逃がさないよ？」

僕はそんなマリアを後ろから抱きしめ、抱え上げる。

「うぇ!?」

そして、その首筋を甘噛みした。

「うひゃあああああ!!　か、かまないでぇぇ!!　ぞ、ゾンビにされちゃううううう！！！」

甘噛みをされたマリアは、僕に抱きしめられたままばたばたともがく。

「これからマリアには仕事を頼むよ、ちゃんとやらないならこのままゾンビにしちゃうけど、どうする？」

僕はマリアの首筋をもむもむとしながらそう呟く。

「うひゃぁぁぁ……　えぐっ……　ちゃ…　ちゃんとやるから！　何でもやるから許してぇぇ……!!」

マジ泣きを始めるマリア。やばい……　少し楽しくなってきた。

「ゾンビになったら、あたしは凄くないから、ただのゾンビになっちゃうよぉ……!!　えぐ……っ…　可愛くなくなっちゃうよぉ……!!」

ぐしゅぐしゅと泣きじゃくるマリア。くふふ……　やばい、マリア泣かすの超楽しい。

だけどまぁ……　今はこのくらいにしておいてやろう。本当は、このままあと五時間くらいはマリアで遊びたいけど、今はやることがあるからね。

「よし……　じゃあ許してあげる」

「えぐ……　ぅぅ……　ありがとうございますぅ」

そうして僕は、マリアを降ろしてやる。

マリアは瞳をぐしぐしと擦《こす》りながら僕を見上げる。潤んだ瞳が超可愛い。

「マリアには、さっきからそこらへんを漂ってる夢幻虫を、全部捕まえてもらいたいんだけど、いいかな？」

「これを……？　えぐ……っ…　わがった……　ひっく……　がんばぅ」

べそをかきながらこくりと頷《うなず》き、早速作業に入ろうとするマリア。

「マリア……」

僕はそんなマリアの後ろ姿に声をかける。

「なに…………？」

マリアは振り返り、僕を涙目で見つめる。

「大丈夫だよ、僕は君がゾンビになっても可愛がってあげるからね？」

ふふ……　僕は君だったらどんな姿だってアリだよ。死姦もありだね、うん。

「へ…………………………………変態」

そしてマリアは、そんな僕を見つめて……　激しくドン引きをするのだった。

「……変態って死んでも治らないんだね」

でも……

ちょっとだけ嬉しそうにも見えるのだった。

「さて……」

僕は夢幻虫を捕りに行ったマリアを見送り、辺りを見回す。

夢幻虫……　虫と書いてはあるが、これは虫ではなくて一種の精霊である。死者の眠りを安らかにするための……　月の加護を帯《お》びた精霊なのだ。捕まえるのは非常にたやすく……　また月光石と共に光を通さない袋に入れれば生け捕りもたやすい。

基本的には何の役にも立たないとされているこの夢幻虫。だが、特定の条件化で大量の夢幻虫を用意することで……　ある素晴らしい儀式を執《と》り行うことができるのだ。

「くふふ………」

まぁ、それは後の楽しみに取っておくとして……　僕は僕で、やることがある。

「ふむ……　ざっと千以上はあるのかな？」

僕は辺り一面に広がる墓石を見回し、そう呟く。

さて……

僕は今からここにある墓を百ほど暴《あば》き……　そしてその中の死肉を食らわなくてはならない。

さぁ……　夜明けまであと六時間ってとこかな？　まぁ、多分間に合うだろう。

早速、食事開始だ!!

バキィ……　ぐじゅ……　むしゃ……　ごりぃ……

「うぇ……　やっぱオッサンの骨はまずい」

ああ、六十体前の新鮮な女の子の死体は美味《うま》かったなぁ。ちょっと腐った眼球が、とろっとして最高に甘かった。ぐちゅぐちゅになった内臓も酸味が利いてて美味《おい》しかったし、なにより骨がさくさくとして食感が最高だったなぁ。でも、やっぱりちゃんとした墓場じゃないだけあって、碌な死体がいやしない。ほとんどがごっつい男の死骸《しがい》だ。

ああ……　やっぱり死体は女の子がいいよねぇ。

「げふ……　ご馳走《ちそう》さま」

ああ、たしか次で最後の死体だ。

「さて……　最後は」

僕は墓石の名前を見る。なんだ、また男の骨か。

ああ、最悪だ……　がっかりだよ。まぁ、贅沢《ぜいたく》は言えないけどね。

「もうすぐ日の出だし……　サクッと終わらせよう」

僕は地面に力任せに手を突っ込み、そして墓石の下にある死骸を引っ張り出す。そしてその死骸を食べやすく砕《くだ》き、流し込むように食していく。

飲み込んだ死骸は『魂魄支配《オーバーソウル》』と『バイタルコントロール』で内臓を操作してすばやく消化

し、スライムに栄養価として吸収させる。それの繰り返し。この作業も、手慣れたものだ。

そして……今食べてるのでちょうど百体目。この面倒な作業もようやく終わる。

「ふむ……　この味はレベル120の冒険者か」

なんか……死体を食べ続けたせいで変な鑑定スキルを得てしまった。

これは「味確定《テイスティング》」、対象の体の一部を味わうだけでその対象の全てを把握《はあく》できる……　なんとも変態的なスキルだ。まぁ、爪とか髪を食べるだけで、対象の詳細な情報を知ることができる、便利そうなスキルではあるんだけどね。


まぁ、とにかく今日は死体を食べすぎたよ。もうしばらく死体は見たくないね。

「んむ……　ごくっ！　よし……　ご馳走さま」

ふぅ……　これで百人だ。

これで僕は……

「ん……　ぉ……　さっそくだな、体が熱い」

僕の心臓が……　いや違うな。これは多分「魔核《まかく》」って言われる器官だろう。胸が……　熱い。

「ん…………？　ちょうど夜明けか」

僕が、じんとほとばしる胸の熱さを感じていると、ほんのりと暖かい日差しも感じられた。

見れば、東の空が白《しら》み始めている。

「星屑ぅ、集め終わったよぉ」

僕が空を見ていると、大分疲れた様子のマリアが眠そうに目を擦りながら僕の下へと近づいてくる。その右手には真っ黒い袋が握られており、その袋は大きく膨らんでいた。どうやら、しっかり頑張ってくれたようだ。

「お疲れ、マリア」

僕はマリアを迎えると、彼女をひょいっと抱きかかえて頭を撫でてあげる。

「うぇ…………………………　う、うん」

マリアはそんな僕の行動に、一瞬驚いたものの……　すぐに脱力し僕の首元に顔を埋《うず》める。

「あれ…………？　星屑の体、温かい……」

マリアは僕に触れながら小さくそう呟く。

「え？　なんで……？　星屑、ゾンビになったんじゃ……　あれ？　そう言えば日の光も大丈夫なの？」

マリアは僕から顔を離し、不思議そうにしてそう呟く。

「マリア……　僕は凄いから大丈夫なんだよ？」

僕はマリアの頬を撫でながら、そう言う。うん、説明めんどい。

「そっかぁ……　星屑は本当に凄いんだねぇ」

マリアは頬を撫ぜる手に、くすぐったそうにしながら、嬉しそうに笑った。ふふ……　馬鹿可愛い子って最高だね。

「さて、じゃあ帰ろうかマリア」

「うん、わかった」

僕はそのままマリアを抱っこして歩き始める。

目の前には眩《まばゆ》い朝日。日差しが素直に心地いい。

ふふ……

これがゾンビのままだったら即死だったね。まぁ、今はゾンビじゃないから大丈夫だけど。

そう……　なぜなら僕はゾンビより高位の怪物に進化したのだから。まぁ、さすがにゾンビのままじゃ生活に支障が出るしね。称号を得るために死体を貪《むさぼ》り喰《く》ったのは大変だったけど、その見返りは十分にあった。化け物としての「進化」という、成果を得ることができたのだから。


時にゾンビは……

ゾンビというのは元来死肉を食わない。

いや、正確には食い尽くさない。大概のゾンビは、仲間を増やすために、敵をちょっとかじるだけで終わる。

だから、普通はゾンビは進化しない。その先にあるものには辿りつかない。

しかし、理性があるゾンビは違う。意識さえすれば、死肉を丸ごと食えるのだから。

もっとも……　理性を持ったまま死肉を丸ごと食らうなんて行為は、ゾンビの腐った感性を抵抗なく受け入れられるような腐った人間じゃないと無理だけどね。

そう……　僕みたいな人間じゃないと、ね。

〔百の同胞を喰らいし死人〕
これが、ゾンビを更なる怪物に仕立てるための条件。
称号〔悪鬼のごとく腐りきった者〕を得るための条件。
そしてこの称号を得た者は。
「屍《しかばね》を喰らいし、禍《まが》つく鬼人…………　喰屍鬼《グール》へと昇華する」
くふふ……　ついに僕は、死人を越えて鬼となった。
さぁ、もうすぐ仕上げだ……
更なる高みへ至るための……　仕上げを始めよう。

STATUS

御宮星屑　GOMIYA HOSHIKUZU

Lv 532

種族 — 喰屍鬼《グール》　スライム
装備 — なし
ＨＰ — 3050／1050（＋2000HP 分のスライムで構成）
ＭＰ — 510／510

力 — 3160
（『魂魄支配《オーバーソウル》』により 1.5 倍まで引き出し可能）
魔 — 0
速 — 500
命 — 2660

対魔 — 0
対物 — 500
対精 — 600
対呪 — 300

【契約魔】マリア（サキュバス）
【使い魔】イノセントスライム／ミッドナイトスライム／内蔵スライム（×2000）／マッスルスライム
【称号】死線を越えし者（対精＋100）／呪いを喰らいし者（対呪＋300）／悪鬼のごとく腐りきった者（グール化　HP＋1000　MP＋500　力＋500　速＋500　対物＋500　対精＋500）
【スキル】『悦覧者《アーカイブス》』『万里眼《ばんりがん》（直視）』『ストーカー（X）』『絶殺技《オメガストライク》』『火とめ焔れの一夜《ハートストライクフレイム》』『バイタルコントロール』『魂魄支配《オーバーソウル》』『味確定《テイスティング》』『狂化祭《カーニヴァル》』

復讐過程　その9　まともに戦うとかそういうのは無い

さて、皆さんいかがお過ごしでしょうか。

どうも、喰屍鬼《グール》でスライムという自分でもよくわかんない生物こと、僕です。

一応鬼という分類にはなるのでしょうか？　それともスライムなんでしょうか？

まぁ、どっちでもいいです。僕は僕だし。

「ねぇねぇ、なんか星屑ごきげんだね？」

僕と手を繋いで横を歩くマリアが、僕を見上げてそんなことを言う。

ん？　僕がごきげんだって？　そりゃあそうさ……

「くふふ……　これからシルヴィアたんのところに行くからね、楽しみだよ」

ああ、早くあの愛らしいシルヴィアたんを愛《め》でたい。

できることならペロペロしてくんかくんかして……　むしゃむしゃしたい。

あ……　いや、むしゃむしゃはだめだろ。まったくこれだから喰屍鬼《グール》は、自重、自重。

「……………………むぅ」

ん？　なんか、マリアが僕を見上げて睨《にら》んでいる。どうした？

「…………星屑」

マリアが、ちょっと怒った顔で僕を見る。

「あたしのおっぱい揉《も》んでもいいよ……！」

「……………………どうした？」

と、僕はマリアの小ぶりな胸を躊躇《ちゅうちょ》なく揉みながら言う。

「んっ……　ぁ…　だ、だって星屑がぁ……」

するとマリアは、顔を真っ赤にして僕を見上げる。ちょっと涙目になってそう言うのだった。

む……？

……………………ぁぁ、ヤキモチか。くふふ……　愛《う》い奴め。

「大丈夫だよマリア」

僕はマリアと目を合わせながら、そう言う。

「だって君は僕の正妻だからね」

そして、ニコリと微笑む……　胸を揉み続けながら。

そう……　マリアは僕の嫁なのだ。これは決定事項であり、契約魔である彼女に拒否権はない。

そして、離れることは絶対にない。

マリアは完全に僕の所有物。その体も、人生も、呼吸も汗も血も……　その全てが僕の物だ。

「せ……　せいさい……！」

僕に胸を揉み揉みされながら、顔を真っ赤にして驚くマリア。

僕を潤んだ瞳で見ながらぷるぷると震えている。

「だからシルヴィアたんに僕が浮気してるからって気にするな……　いつだってドンと構えてるのが正妻の役目だよ？」

まぁ、シルヴィアたんにも本気だけどね、僕は。

「わ……　わかった！」

手をぐっとして、張り切るマリア。

ああ、コイツ本当に馬鹿だなぁ。完全にダメ女だな。

でも……　そんな君が最高に大好きだよ、マリア。

くふふ……

「さて……　それじゃあそろそろ行こうかマリア」

うん、そろそろ行かないとまずい。さっきから周りの人が、僕達を見てひそひそ話し始めている。

まぁ、「往来で少女の胸を一心不乱に揉み続ける男」の絵は流石にやばすぎるか。僕も正直そう思います。

「わかったよ……　行こう、星屑！」

そして、僕達はまた歩き出す。

「へへ……　正妻かぁ」

マリアは嬉しそうに、小さくそう呟くのだった。

「おい!!　てめぇ!!　売れねぇってどういうことだよ!!」

ん………？

何だ、この怒鳴り声？　シルヴィアたんの店から聞こえる………しかもこの声って。

僕は、シルヴィアたんの工房に近づき、窓から店の中を見る。

「おいお前、俺が誰だかわかってんのかよ？」

「知ってる………」

こっそりと店内を見てみれば、そこには怒鳴られながらも毅然《きぜん》と向かい立つシルヴィアたんと……

「……お前が噂《うわさ》の勇者だろう？」

「ならわかれよ……！　俺が売れって言ったら売れ！」

そのシルヴィアたんに怒鳴り散らすクソ勇者……鳳崎の姿があった。

「だから、何度も言っているだろう……　この〔紅煉石《こうれんせき》〕は私の最高傑作だ、私が気に入った奴にしか売らない」

……………どうやら、鳳崎がシルヴィアたんの工房にある、あの赤い石を欲しがっているらしい。で、それをシルヴィアたんが突っぱねていると。

「どうしたの、星く……　んむッ!?」

僕の真横にきて、何かしゃべろうとしたマリアの口を僕は塞《ふさ》いで黙らせる。

「んん!!　んっ!?」

ついでにおっぱいも揉んでおく。

いや……　今はマリアのおっぱいよりシルヴィアたんだ。

「てめぇ……　女だからって俺が手を出さねぇとでも思ってんのかよ？」

「脅しても無駄だよ……　これは売らない、君のような奴には絶対に売らない」

イライラとしながらシルヴィアたんに凄む鳳崎。

シルヴィアたんは顔色一つ変えずに、そんな鳳崎を見つめ返す。

「てめぇッ!!　いい気になりやがって!!」

「きゃ!?」

鳳崎はついに痺《しび》れを切らして、シルヴィアたんの胸倉を掴《つか》む。

「売れよ……　俺の言うことをきけ」

「い、いやだ」

鳳崎はシルヴィアたんのローブを引っ張り、顔を近づけて睨みつける。

シルヴィアたんは苦しそうにしながらも、鳳崎を睨むのをやめない。

ふむ…………　どうしようか？

うーむ、今鳳崎をぼこるのは簡単だけど、そうすると計画に支障が出てしまう。

それに、鳳崎は王族との契約で一般人を傷つけてはいけないことになってるしな。

あいつは意外とそこらへん上手く立ち回るから、わざわざ自分で契約を破るような真似《まね》はしないだろう。まぁ、とりあえず様子見でいいだろう。

…………などと、僕がそんなことを考えていたら、不意に「ビリィ」と布が裂ける音がする。

「きゃ!?」

部屋に響く、シルヴィアたんの悲鳴。どうやら、鳳崎がローブを無理に引っ張ったせいで胸元が破けてしまったようだ。その際に、シルヴィアたんの胸元があらわになってしまう。

そして……

「お…………　何だお前、下着つけてねぇのかよ」

なんということでしょう。

シルヴィアたんが、下着をつけていないのだ。

「ぐ………」

顔を赤くして、胸元を隠すシルヴィアたん。

「へぇ……　何だよローブ一枚とか、お前変態だったのか？」

鳳崎はそんなシルヴィアたんの胸元を舐め回すように見て、そしてニヤリと下卑《げび》た笑いを浮かべる。

「ち、違う、調合には皮膚感が大事だから…………　余計な布は邪魔なんだ」

シルヴィアたんはそんな鳳崎をキッと睨みつける。

「ふーん……　気が変わった……」

鳳崎はニタニタとシルヴィアたんを見て嗤う。

「またこの店に来るから、その時にその石を売れ」

「だから、貴様のような奴には売らないと何度も……」

そして……

「で……　一回犯らせろ」

「はぁ……？」

下卑た笑いを浮かべてそう言うのだった。

「な……　何言ってるんだお前は」

心底呆《あき》れたようにして言うシルヴィアたん。

「よく考えておいたほうがいいぜ？　俺は勇者だ……　持ってる力がお前とは何もかも違うん

だ」

そんな彼女を一瞥《いちべつ》して、鳳崎は背を向ける。

「じゃあな……　いい返事を期待してるぜ？」

そしてそのまま店を出て行ったのだった。

「な…………………　何だったんだあいつは」

しんと静まる店内。シルヴィアたんは疲れたようにそう呟く。

ふむ……　とりあえず僕もそろそろ店に入るか。

マリアは……

「んぁ……　ぁっ…　ッ……っ」

いつの間にか僕の腕の中でびくびくと痙攣《けいれん》して、くたぁっとなっていた。

しまった、胸揉み続けたままだったか。うん……　まあいいや、とりあえずここに置いていこう。

僕は工房の中に入る。

「こんにちはお姉さん」

そしてシルヴィアたんにそう声をかける。

「少年……」

シルヴィアたんは僕を見て、少しほっとしたような顔をする。

「もしかして……　今のを見ていたのか？」

そして少しバツが悪そうな顔をする。

「はは……　みっともないところを見せてしまったな」

うつむいて、そう呟くシルヴィアたん。

「あ、そうだ……　この前頼まれていたものが用意できているよ」

シルヴィアたんは無理に笑いながら、そう言う。

僕は……

「いいんですよ……　無理しなくて」

「え……？」

そんなシルヴィアたんをそっと抱きしめる。そして、背中をさすり、頭を撫でてやる。

「ぇ……………」

シルヴィアたんは困惑したように一瞬固まる。

「もう大丈夫ですよ？」

しかし、僕がぎゅっと抱きしめるとすぐに、安心したように脱力した。

「頑張りましたね……」

「ぁ………ぅ…………………」

幻術が解け、小さくなるシルヴィアたん。

そして……

「うん……　シルヴィア頑張った……」

ぷるぷると震えながら、僕をキュッと抱きしめるのであった。

『悦覧者《アーカイブス》』で見た記録で、鳳崎が女を手に入れるときの手段は大体わかっている。

その手段を踏まえて言おう。

鳳崎、君は……

君は、なんていい仕事をするんだ！

くふふ……　いいことを考えついたぞ。

ぐふふ……　ああ、それはいい!!

それは最高だ!!

ああこれで……

くふふ……　これで……

君を確実に落とすことができるよシルヴィアたん。

「くふふふ………」
※変な男《ユウシャ》に絡まれ、異常者《ホシクズ》に目をつけられた不幸な少女、シルヴィアさんのご冥福をお祈りいたします。

「も、もう大丈夫だから……」

僕の腕の中で、シルヴィアたんがもぞもぞとしている。そして、僕の腕から顔を出し、僕のことを見つめる。

「えっと……　その、ありがとう」

シルヴィアたんは少しだけ顔を赤くして、僕にそう言う。

「いえ……　このくらいなら大丈夫ですよ」

そう言いながら僕は、シルヴィアたんの腰を引き寄せる。

「あ………」

僕と密着するシルヴィアたん。シルヴィアたんは小さく声を漏らし、顔を赤くしながら困ったように僕を見上げる。視線を泳がせながら「えぅ、あぅ……」と愛らしく動揺している。

「どうかしましたか？」

僕はそんな彼女の瞳を真っ直《ます》ぐ見つめてそう言う。

全く表情を変えず、真剣に……　ただただ真剣にシルヴィアたんを見つめる。

ついでに引き寄せた腰元に僕の股間をぐっと押しつける。

もちろん顔は超真剣なままだ。いかがわしさなど……　99％しかない。

しかし、ロリなシルヴィアたんは本当に可愛いなぁ。くふふ……　シルヴィアたんを手に入れたあかつきにはシルヴィアたんの全身を使って、はぁはぁ。

「あ……　あの」

もじもじとしながら、僕を見上げるシルヴィアたん。

「はい、何でしょう」

そして、そんなシルヴィアたんを真面目な顔で見つめる僕。

「え……ぅ……　な、何でもない」

そんな僕の視線に、もじもじとしたまま、ふい、と目を逸らすシルヴィアたん。

今の反応……　萌えるなぁ。

「もし何かがあっても……　僕が君を助けますよ」

僕は初心《うぶ》な反応をするシルヴィアたんを愛でながら……　そんな紳士なことを言ってみる。

まぁ、内心は変態紳士なんだけどね。

「ぁう………」

僕の内心を知らない彼女は、その気障《きざ》なセリフに、心打たれたかのようにして、胸元を押さえる。

くふふ……　あの危機的状況の後だ……　どうやら、イイ感じに吊《つ》り橋《ばし》効果のアシストが働いているようだな。

「で、でも……　でも、だめだよ」

しかし、シルヴィアたんは困ったようにして、僕から目を逸らす。

「あ、相手は勇者だよ？　何かあったらただじゃ済まないから……　シルヴィアには関わらないほうがいい」

そして、シルヴィアたんはうつむいてそう答えるのであった。

「でも……」

僕はうつむくシルヴィアたんに声をかけるが……

「だめ……」

シルヴィアたんは目を逸らしたまま、はっきりとそれを拒絶する。

「…………………」

「…………………」

僕とシルヴィアたんの間に沈黙が流れた。しかし、僕は……

「でも……　助けますよ」

そんなシルヴィアたんに小さくそう言う。

「え……」

そんな僕の答えに、驚いて顔を上げるシルヴィアたん。

「だ、だけど…」

シルヴィアたんは困ったようにして、言葉を続けようとするが……

「だめです」

今度は僕が、仕返しとばかりにその言葉をさえぎる。

「ぅ………」

そんな僕の言葉に、泣きそうな顔で困惑するシルヴィアたん。

あぁ、いい……　本当に可愛いなぁ、シルヴィアたんは。

くふふ、早く調教したい。

おっと、いけない本音が……　焦《あせ》るな僕。

「それより、頼んだものをいただけますか？」

話は終わりだと言わんばかりに、僕は微笑む。

「えぅ…………　そ、そこに用意してある」

シルヴィアたんは、その様子に困惑したまま……　工房の隅を指差した。

そこには僕が頼んだ品の数々が一箇所にまとめられていた。

「えっと……　『最高級聖水』が五リットルに『スライム培養《ばいよう》ケース』が百個と、『黒霊水』が一リットル、『ミストラの花』が三本、『クロスコーの雫《しずく》』が百五十個でよかったよね？」

「ありがとうございます……　それではいただいていきますね」

僕は求めていた品が揃っていることを確認すると、シルヴィアたんを解放し離れる。荷物をまとめ、シルヴィアたんの工房の出入り口へと向かう。

そして……

「ではまた……」

「う、うん……」

最後にまたシルヴィアたんに微笑み……

「大丈夫です……　僕が絶対に君を助けますから《きみをてにいれるのはぼくで》」

僕はそう言って、工房を後にするのだった。

「さて、マリア？」

「なに………」

王国の北門の外。僕がマリアにそう声をかけると、マリアはむすっとしたままそう返す。

どうやら、シルヴィアたんの店の前でしばらく放置していたのが気に入らなかったらしい。

非常に不機嫌だ。

「えっと……　君にはこの地図のポイントにイノスの分裂体を置いて、イノスを適合させてきてほしいんだ」

僕はそう言って、イノスの分裂体百匹と『スライム培養ケース』百個を渡す。

「ミドスとマルスを護衛につけるから危険はないよ」

まぁ、そもそもそれほど危険な区域でもない。ミドスの魔避《よ》けと、マルスの怪力があれば何ら問題はないだろう。

「はいはい、いいですよーだ……　どうせあたしなんて名ばかりの正妻だもん、都合よく使えばいいじゃん」

頬をぷくっと膨らませて、ぷりぷりと怒るマリア。まぁ放置したのは悪かったけど、君は僕の嫁である前に契約魔だからね？　都合よく使うのは当たり前なんだけど……

「マリア……」

「なん……って、んむぅ!?」

僕はマリアを無理やり振り向かせると、そのまま唇を強引に奪う。

めんどくさいから、もうキスで誤魔化そう。きっとコイツは馬鹿だからそれでいけると思うのだ。

「ちょ……　んちゅ…　や…　っん！」

じたばたと暴れるマリア。

僕はそんなマリアを抱きしめて拘束しながら、ちょっとエロいキスに移行する。

「やめぇ……　んっ…　ちょ…！　わたし……　ん　おこって……　る…　んぅ……」

怒った様子のマリア。しかしその言葉とは裏腹に、だんだんと抵抗をやめて大人しくなってゆく。

「ん……　ちゅ……ぅ」

そして、完全に抵抗をやめる。僕はそれを確認してから口づけを終了する。

「ん…………　もぉ……」

唇が離れたあと、真っ赤な顔で僕を睨みつけるマリア。

「星屑ってさ……　最低だよね」

そして、不満げにそう言う。

「僕はマリアのこと、最高だと思ってるけどね」

しかし僕は、ニヤリと笑ってそう返すのだった。

「ぅぐ……」

怒ってんだかニヤついてんだかわからない顔をするマリア。

「で……　誤魔化された？」

僕はそんなマリアのことを撫で撫でしてあげながらそう言う。

「…………誤魔化されてあげた」

するとマリアは、ふんっと横を向いてそんなことを言うのであった。くふふ……　ちょろい女だぜ。

「じゃぁ……　この地図どおりにスライムを放《はな》ってくればいいんだね？」

「ああ、頼むよ」

マリアはそう言って僕から地図を受け取り、そして僕を見上げる。

「ちゃんとやってくるからさ……　もう一回キスしてよ」

そして、少し顔を赤くしてそんなことを言う。そんな可愛いことを言うマリアに、僕は……

「ダメ」

しかし、それをきっぱりと断る。

「な……！」

予想外の答えだったのだろう。思わず絶句するマリア。

「ご褒美は仕事をした後だよ……　マリア、君はキスばかりねだって本当に淫乱だね」

僕はマリアの唇を親指でなぞり、にやにやとしながらそう言う。

「うぐ……ぅ…」

それに、悔しそうにして顔を歪《ゆが》めるマリア。でも、ちょっと満更でもなさそうなのがウケる。

ああ……　でもその悔しそうな顔、いいね。いいよマリア、その顔イイよマリア。

「わかったよ！　頑張ってやってくるから、後でちゃんとキスしてよね!!　馬鹿星屑っ!!」

マリアはそう言って、マルスとミドスを連れて走っていくのであった。

あぁ、やっぱりマリアも可愛いなぁ。

くふふ……


さて……

じゃあ僕のほうも行くとしよう。余分な荷物は宿屋に置いて必要なものだけ持って行こう。

必要なものはこの前ゾンビになったときにむしってきた『ガヴィード草』と、さっきシルヴィアたんから買った『ミストラの花』と『クロスコーの雫』だ。

そして僕はこれらを持って、今からこの大陸の端まで行く。

まぁ、相当な距離だけど、この喰屍鬼《グール》の強靭《きょうじん》な体と『魂魄支配《オーバーソウル》』さえあれば大した距離にはならない。大ジャンプを何十回か繰り返せば着く距離だ。

そしてそこで……　僕はレベルを上げる。

更なる高みへと上る。

魔王になる計画のため、そしてシルヴィアたんを僕の所有物にするため。

まずはレベルを上げるのだ。

目指すは「クレードヴァール渓谷《けいこく》」。

かの有名な「群がる絶望」ハイドドラゴンが住まう場所。

そして人間界と魔界との境界線である場所……

「さぁ……　行こうか」

僕は目的地に向け、思い切りジャンプをするのであった。

「よし……　着いたっと」

何度目かの跳躍《ちょうやく》を経《へ》て、僕は大陸の果てへと辿りつく。

人間が住まい、その中央にいくつかの王国をいだく「カレゼスト大陸」の最西端……そこは人間が住める環境の限界点。

ここより先……　この断崖絶壁《だんがいぜっぺき》の下、クレードヴァール海峡を隔《へだ》てて、向こう側の崖から始まる大陸……　「ゼルデント大陸」。

それこそが魔界と呼ばれる、魔人達の住まう世界である。

ここはこの「カレゼスト大陸」の端と、向こうの「ゼルデント大陸」の端が隣接する場所。

大陸と大陸の終わりと始まりが向かい合う場所。

それこそがここ、通称「クレードヴァール渓谷」である。


「いやぁ……　壮大だなぁ」

僕は辺りに広がる壮大な景色を一望してそう呟く。

例えるとしたら、下が海のグランドキャニオンとでも言えばいいのだろうか？

まぁ、とにかく凄い。


「で……　あれが今回のターゲットか」

僕は『万里眼《ばんりがん》（直視）』を用いて、向こうの崖を見やる。するとそこには、無数に飛翔《ひしょう》する中型のドラゴンの姿があった。

「おお……　強そうだなぁ」

そのドラゴンを一言で表すとすれば、「黒」。

黒い体、黒い角、黒い牙、黒い羽の竜。あれこそが、「群がる絶望」……黒竜ハイドドラゴンだ。

「意外とでかいんだな……」

その平均レベルは、およそ１２００……

単体でも十分に脅威と言えるハイドドラゴン。ただでさえ厄介《やっかい》なハイドドラゴンだが、こいつにはさらに厄介な特性が二つもある。


一つは攻撃の際に群れを成して攻撃を仕掛けてくる点。

このドラゴンは攻撃の際にけっして一体では仕掛けてこず、敵に対して群がるように集団で攻撃をしてくるのだ。どんな敵に対しても、常に集団でリンチのごとく攻撃を仕掛けるその様は、正に「群がる絶望」の名を冠すのに相応《ふさわ》しいといえよう。


そしてもう一つの厄介な点は、ハイドドラゴンの持つ固有スキル……『迷宵闇の衣《まよいやみのころも》』だ。

このスキルは、所謂《いわゆる》、認識阻害《そがい》スキルというやつである。ハイドドラゴンがこのスキルを発動させると、ハイドドラゴンの体に黒いモヤのような物が発生する。そしてこのモヤが発生すると、ハイドドラゴンの実体が掴みにくくなってしまうのだ。

なんでもこのモヤこと『迷宵闇《まよいやみ》の衣《ころも》』は、強力な知覚阻害の魔法らしく、視覚はもちろん魔法での捕捉ですらあやふやにしてしまうスキルなのだとか。とにかくこちら側の攻撃が極めて当たりにくくなってしまう、非常に厄介な代物であるのだ。

つまりまとめると、ハイドドラゴンとは捕捉しにくいリンチ集団という、きわめて厄介な相手だということだ。

正直、これは本当に厄介である。

集団を相手にするには、こちらも集団で臨むか、遠距離から数を減らしていくしか方法はない。

しかし、ぼっちの僕にそんな集団が用意できるわけもないし、かといって遠距離から攻撃しようにも『迷宵闇《まよいやみ》の衣《ころも》』の認識阻害が働いて上手く狙えない。

つまり僕一人で戦うには非常に厄介……　というか無理な相手ということだ。

「くふふ……」

だけどまぁ……　戦うんだけどね。

「よっ！」

僕は再び大ジャンプをして「クレードヴァール渓谷」から五キロほど距離をとる。

「よし……　リサーチどおり、いい視界だ」

僕は小高い丘の上から、遠くに見える断崖絶壁を見やる。

うん……　ここからでも「クレードヴァール渓谷」ははっきりと捉《とら》えられる。そしてハイドドラゴンの姿もよく見える。

「さて……　さっそく殺《ヤ》りますか」

僕は移動の途中の山で拾ってきた、大量の鉄鉱石を握りしめる。

そして、それを大きく振りかぶり……

「いけ……」

『絶投技《オメガストライク》』を用いて、それを思い切り投げつけた。

僕が投擲《とうてき》した鉄鉱石は、「パァン」という空気を破裂させたような音と共に射出され、遠くに見えるハイドドラゴンの一匹をいともたやすく貫いた。攻撃が当たらないはずのハイドドラゴンを撃破したのだ。

なぜ……　僕の投擲がハイドドラゴンに的中したのか？　それは……

「くふふ……　やはり『迷宵闇《まよいやみ》の衣《ころも》』の発動前なら、殺れるな」

ハイドドラゴンが僕を認識する前に攻撃をしたからである。つまり、相手が『迷宵闇《まよいやみ》の衣《ころも》』を発動する前の不意打ちであれば撃破可能なのである。

そう……　一匹だけに狙いを絞った奇襲狙撃であれば、僕の〔力〕と〔命〕のステータスをもってすれば殺せるのである。

しかし……　ここから先が難しい。

なぜなら、すでに全てのハイドドラゴンが『迷宵闇《まよいやみ》の衣《ころも》』を発動し……

そしてその全てのハイドドラゴンが僕に向かって飛来し始めているからだ。このままではあと数秒もしないうちに、ハイドドラゴン達が辿りつき、僕はいともたやすく食い殺されるだろう。

ハイドドラゴンは動きも速いし……　そして『迷宵闇《まよいやみ》の衣《ころも》』があるから狙いづらい。そして数も多い。僕に勝つ術《すべ》はないのだ。


まぁ……　真っ向から戦って勝つつもりならね。

「おー、群がってるなぁ」

僕は、先ほどまでいた小高い丘から五キロほど離れた別のポイントでそう呟く。

つい数秒前まで僕がいた場所のあたりをうろうろと飛び回る竜達を、ニヤニヤと見ながらそう呟く。

そう……つまり、僕は逃げたのだ。

投石をした直後、間髪を容《い》れずに全力ダッシュしてその場を離脱……そしてあらかじめ決めておいたこの、別のポイントに移動したのだ。

「くふふ……」

そう『迷宵闇《まよいやみ》の衣《ころも》』には欠点がある……

それは捕捉力の低下だ。

まぁ、相手からの捕捉が難しくなるのだから、自分自身の捕捉力が下がるのもある種頷ける。

そこを補うための集団攻撃でもあるのだろうしな。


……と言っても、実際はそれほど捕捉力が低下するわけではないらしい。近接戦闘を行う分には、何ら支障はない程度の低下なのだとか。ただ……

「数キロ離れた奴の捕捉は難しいよね？　…………くふふ」

しかも、ハイドドラゴンは頭が良いわけじゃない。その野性と獰猛《どうもう》さは脅威だが、それだけでは論理的に敵の居場所を導き出すことはできない。所詮は動物……　低脳なけだものなのだ。

「くふふ……」

そして僕が逃げたこのポイントには……　あらかじめ鉄鉱石が用意してある。

つまり……

「よし……　そろそろ警戒をといたか」

僕はハイドドラゴンが『迷宵闇《まよいやみ》の衣《ころも》』を解除して、巣に帰ろうとするのを確認すると、再び鉄鉱石を握る。

そして……

「さぁ……　一匹ずつじわじわと削っていこうねぇ……　くふふ」

僕は遠くからまた、ハイドドラゴンを狙撃するのであった。

「よし……　早く逃げよ」

一体のハイドドラゴンを撃破するなり、間髪容れずに全力ダッシュをする僕。あらかじめ仕込んでおいた別のポイントへと逃げ去る。そして、この五キロ間隔で仕込んである十箇所の狙撃ポイントをローテーションして、じわじわじわじわハイドドラゴンをなぶり殺していくのだ。

「ああ……　楽しいなぁ」

こういう殺し方ってほんと楽しい。この弄《もてあそ》ぶ感が何とも言えない。ああ、興奮してきた。

「くふふ……　レベル上げって楽しいなぁ」

こうして僕は、レベル上げをちまちまと丸一日繰り返すのだった。

「ふぅ……　大分減ったなぁ」

僕は、遠くに見えるハイドドラゴンの群れを見やり、そう呟く。

僕がハイドドラゴンに攻撃を始めて、ねちねちねちねちと数を削り続けて早三十時間ほど経過したたろうか？　ドラゴンの数はすでに大分少なくなっている。

おかげ様で僕のレベルも１０００を超えた。これで目的の半分は達成できたことになる。

「ふむ……　あと百匹ってとこかな？」

レベルの上昇に合わせて、一回に狩る量を増やして効率を上げてったからな。予定より大分早く終わりそうだ。

あとは、今回の目的を一気に仕上げるだけだ。

さぁ、じゃあ残り百匹は………

「まとめて皆殺しにしようかね」


「よし、『ガヴィード草』に『ミストラの花』と『クロスコーの雫』が百五十個……　全部あるな」

仕上げに必要なアイテムが揃っているのを確認すると、僕は早速作業に取り掛かる。

「よし……」

僕はまず……　ガヴィード草とミストラの花を一緒に食べた。

ガヴィード草はご存知のとおり、ガヴィードメタルオーガが主食としている草で、強力な麻薬作用がある。そしてミストラの花は、媚薬《びやく》の材料にもなるとても高価な花で、これをそのまま食べると尋常じゃないほどムラムラする。

どちらも普通の人間がそのまま食べた場合、発狂して死に至るほどの過激な作用がある。非常に強力な劇薬なのだ。

でも、まぁ僕はご覧のとおり、すでに人間を捨てているので何ともない。せいぜい、「ウリィイイイイイイイイイイ！！！　っさいっこうにハイってやつだぜぇぇぇぇぇぇぇぇえええ！！！」って思わず口ばしってしまう程度の興奮だ。

うん、全然普通だよ。そんな自分に痺れて憧れる程度には普通だ。

まぁ、そんなわけで僕は今、普段より幾分《いくぶん》テンションが高い。

で、そんな状態の僕がこれから何をするのかと言うと……

「くけけけけけ………　打ち落としてやるよ黒バエどもがぁぁぁ！！！」

僕は右手に鉄鉱石を握り、そしてそれに熱い熱いハートの火を灯《とも》す。そして……

「ほとばしるぜ○○トぉ、燃え滾るほどヒ○○ぉぉ!!　『ハァァァ――――トォォストッラィクゥゥゥフレイムゥウッ！！！』ヒャ――――ハアアアアアア!!」

僕はそう言って、初《しょ》っ端《ぱな》から必殺技を派手にぶっ放した。

必殺技の『火とめ焔れの一夜《ハートストライクフレイム》』を炸裂《さくれつ》させたのだった。

『火とめ焔れの一夜《ハートストライクフレイム》』

それは熱く滾る感情と、保有する全魔力と引き換えに放つ必殺技。

いざというときの、とっておきの必殺技。

相手のハートを焼き尽くす必殺技である。

そして……　相手のハートを焼き尽くすとはどういうことか？

それはつまり、相手の心臓に対して強い命中補正がかかった必殺技であるということ（多分）。それが『火とめ焔れの一夜《ハートストライクフレイム》』。

加えて僕は、今回のちまちましたレベル上げで得た昇格値も〔力〕と〔命〕に全振りしている。

その結果1000レベル超えの僕の〔命〕はついに5000を超えた。

ちなみに〔命〕が5000を超えると、ボーナスで『絶対不可視殺し《インビジブルブレイカー》』という、命中の妨《さまた》げになる不可視要素を排除するスキルが手に入る。

僕が何を言いたいかというと、それは要するに「とんでもなく命中補正が働いているよ」ということであり、つまりそれは……

「くけけけけけ!!　もう『迷宵闇の衣《まよいやみのころも》』は意味ねぇってことだよぉぉぉぉぉ!!」

僕は、一、、、回目の『火とめ焔れの一夜《ハートストライクフレイム》』を放ち、一匹目及びその後ろにいた二、三匹のハイドドラゴンを射殺《いころ》す。

そして……

「ここでぇぇ!!『クロスコーの雫』を食べるぅウゥ!!!」

僕は飴玉《あめだま》大の『クロスコーの雫』を食べる。

ちなみこれは、魔力を0・1%回復するという、きわめて微妙な魔力回復アイテムだ。

まぁ、この世界では魔力回復系のアイテムは貴重であるため、こんなちゃちな効果のアイテムでも需要はあるらしい。

さて……　ここで、もう一度『火とめ焔れの一夜《ハートストライクフレイム》』の発動条件を思い出していただきたい。

それは……

1　熱い感情を抱く。

2　全魔力を代償に発動する。

……である。

そして僕の今の状態を確認していただきたい。

1　麻薬でラリってて、ムラムラしてる、非常に熱い状態（いろんな意味で）。
2　全魔力0・1（『クロスコーの雫』のストック×149）。
……である。

つまり僕は今、上限百四十九発の……

「必殺技打ち放題の無双タァァ――――――イム!!　僕TUEEEEEEEEEEEEEEEEEE！！！」

と、いうわけなのだ。

くふふ……　さぁ、いこうか。

レッツ……！

み　な　ご　ろ　し　。


「うげぇ……　気持ちわるぅ……」

僕は今、宿屋のベッドに寝転がっている。今僕は、絶賛二日酔い中だ。

まぁ、正確にはクスリの副作用なのだが。

「はぁ……　でも、おかげで目的のスキルと称号も手に入ったし、良しとしよう」

僕はそう言って、脳内のステータスウィンドウを開き閲覧する。

そこにはスキル欄《らん》に『常闇の衣《コートノワール》』というスキル名が新たに加わっており、そして称号の欄に『龍殺し（裏）』という文字も記載されていた。

くふふ……

『常闇の衣《コートノワール》』と『龍殺し（裏）』。

この二つは今後の僕の計画に大いに役立つステータスだ。

『常闇の衣《コートノワール》』

これの入手条件は「ハイドドラゴンの血肉を喰らうこと」である。

基本的にドラゴンというのはその血肉を食べると、その力を得ることができるタイプのモンスターなのだ。

僕の前の世界の神話で、竜の血を浴びて不死身になった戦士がいたように、この世界でも「ドラゴンを倒せば力が手に入る」というのはよくある話なのだ。

で、ハイドドラゴンを倒して手に入れられるのは元来『迷宵闇《まよいやみ》の衣《ころも》』の劣化版なのだが……

まぁ、それはハイドドラゴンの屍を一匹分だけ食べた場合の話である。

そう……　つまり僕はあの後、殺したハイドドラゴンの死肉を全て喰らったのだ。

その結果。

僕の体内で蓄積した『迷宵闇《まよいやみ》の衣《ころも》』の劣化版が合わさって昇華し、『常闇の衣《コートノワール》』へと進化したというわけだ。

まぁ、死肉を喰うことに関しては一家言《いっかげん》持ちの僕である。喰屍鬼《グール》の面目躍如《めんもくやくじょ》といったところだろう。

ちなみに、『常闇の衣《コートノワール》』の効果は『迷宵闇《まよいやみ》の衣《ころも》』と同じの知覚阻害。それの上位置換《ちかん》といったところだ。

ただ、『常闇の衣《コートノワール》』の形状は『迷宵闇《まよいやみ》の衣《ころも》』のようにモヤなんてちゃちなものではなく、名前どおりのコート状の闇物質だ。ぱっと見、マ○リッ○スのあれと同じっぽい。ある程度は形状を変えられるみたいだけど、基本はコートであるらしい。

まぁ、『常闇の衣《コートノワール》』をゲットできたのは嬉しいけど……　これはあくまでおまけみたいなものだ。僕が本当に今回欲しかったのはこっち……　『龍殺し（裏）』の方なのだから。

『龍殺し（裏）』………　この称号は特殊な称号だ。

これは、『火とめ焔れの一夜《ハートストライクフレイム》』を習得したときに、偶然アクセスできた「性愛の神の手記」……　その中に書かれていた内容の一つだ。

その内容はこれ……

自分より100レベル以上格上のドラゴンを相手に、百秒以内に百匹以上殺害すること……

と書いてあったのだ。

これが称号、『龍殺し』（龍耐性付与　スキル『ドラゴンブレス』習得　スキル『超再生』習得　スキル『龍眼』習得　全ステータス＋500）の取得条件である。

そして……　その手記には続きがあった。

そして、それにより入手できる称号『龍殺し』の取得を、意識的に拒否することで特殊称号『龍殺し（裏）』の取得ができる。

性愛の神の手記にはそう記されていたのだ。

長い歴史の中では、偶然『龍殺し』の称号を取得した人間もいる。

だが、『龍殺し（裏）』を取得した人間はいない。これは、完全に「知らなければ手に入れられない」スキルなのだ。正に「神の英知」というやつなのだ。

ちなみに、この『龍殺し（裏）』で得られるスキルや上昇するステータスは何もない。

そして、一度拒否した以上、龍殺し系のスキルは全て取得できなくなる。

だがこれは……そんな龍殺しを投げ打ってでも惜しくない、とても有用な効果を持った称号であるのだ。

まぁ、計画上、これを使うのはまだ大分先だけど……

くふ……

使うのが楽しみだなぁ。


さて……　とにかく今回も一応成功だ。

「あともう一回準備して、最終仕上げだな」

あぁ、本当に楽しみだなぁ。

「くふふ………………　ん？」

足音が近づいてくる、この足音は……

「つかれたぁ…………」

そんな声と共に、僕の部屋のドアが開けられる。

そしてそこには泥だらけで、疲れた様子のマリアの姿があった。

「星屑……　ちゃんと頑張ってきたよ」

マリアは、少し眠そうな顔をしながら、マルスが運んできたスライムの培養ケースを見せる。

そこには色とりどりの宝石のようなスライム達が、キラキラと輝いていた。

「おぉ、ありがとうマリア、お疲れ様」

僕はマリアの頭を撫でてあげ、その功績をねぎらう。

「うん……」

マリアはそんな僕の手に、目を細めて気持ち良さそうにして撫でられる。

僕はそんなマリアを横目で見ながら、スライム達を見つめる。

ああ……

これは素晴らしいな。

これはまさしく、僕にとっては宝石箱だ。

くふふ……

これで、あと少しだ。

「ねぇ、星屑？」

マリアが、僕の手を引っ張って、僕を見上げる。

「ん？　どうしたんだい、マリア？」

僕はそんなマリアをみおろして微笑む。

マリアは……

「ごほうび…………　くれてもいいよ?」

頬を少し赤くして、そう小さく言ったのだった。

本当にコイツは可愛いなぁ……　でも…

「どうしようかなぁ……」

「ええ!?」

僕はそう言って、しばらくじらしプレイを楽しんだのであった。

STATUS

御宮星屑 GOMIYA HOSHIKUZU

Lv 1069

種族 — 喰屍鬼《グール》　スライム

装備 — なし

HP — 3050 / 1050（＋2000HP 分のスライムで構成）

MP — 510 / 510

力 — 5845
（『魂魄支配《オーバーソウル》』により 1.5 倍まで引き出し可能）

魔 —　0

速 —　500

命 — 5345

対魔 —　0

対物 —　500

対精 —　600

対呪 —　300

【契約魔】マリア（サキュバス）

【使い魔】イノセントスライム／ミッドナイトスライム／内蔵スライム（×2000）／マッスルスライム／色とりどりスライムセット100個入り

【称号】死線を越えし者（対精＋100）／呪いを喰らいし者（対呪＋300）／悪鬼のごとく腐りきった者（グール化　HP＋1000　MP＋500　力＋500　速＋500　対物＋500　対精＋500）／龍殺し（裏）

【スキル】『悦覧者《アーカイブス》』『万里眼《ばんりがん》（直視）』『ストーカー（X）』『絶殺技《オメガストライク》』『火とめ焔れの一夜《ハートストライクフレイム》』『バイタルコントロール』『魂魄支配《オーバーソウル》』『味確定《テイスティング》』『狂化祭《カーニヴァル》』『絶対不可視殺し《インビジブルブレイカー》』『完全体《パーフェクトバディ》』『常闇の衣《コートノワール》』

復讐過程　その10　人を食ったような奴だな君は……　あ、僕のことです？

［王国中央監獄所「セントラルケージ」　初代所長　エドワード・クライシスの密書］
ここに「セントラル」に隠された一つの秘密を記しておく。
「セントラル」最下層、西側にある第十六番倉庫。
その十六番倉庫の真下。
さらに地下五メートルほどの位置に、入り口のない密室がある。
そこに至る方法はただ一つ。
掘るのみである。
そして……
その密室にはある物が隠してある。
それは、悪魔を…………

…というわけで僕は今、王国中央監獄所こと「セントラルケージ」の前に来ています。
「ねぇ、星屑」

「ん？」

僕と手を繋《つな》ぎ、隣にいるマリアが、僕を見上げて声をかける。

「なんだかここ、警備凄そうだけど……　どうやって潜入するの？」

目の前にあるのは高く分厚い壁に囲まれ、要所要所に警備員が立つ監獄所。

さすがは王国で一番大きく、厳重で、最も罪が重い者が収容される監獄所だ。実にものものしい。だが……

「どうやって？　そんなの決まってるだろ」

僕はマリアをみおろし、ドヤ顔を決める。

そして…

「正面から堂々とに決まってるじゃないか」

彼女にそう言うのだった。


「これで監獄の中に入れるようになるの？」

「うん、これはかなり強力な呪術だからね」

呪術発動の準備をする僕を、しゃがんで見つめるマリア。

しゃがんでいるのでスカートの奥のパンツが見えている。しかもマリアは僕に見られていることに気がついていないようだ。

ふふ……　実にいい眺《なが》めだな。

今日は黒なんだ、いいね。

そうだ、今度は赤を買ってあげよう。

あ……　でもやっぱ白かな？

それとも、ガーターベルトという選択肢を選ぶべきか？

はたまたストライプという方向性を考えるべきか？

いや、ブルマという英断を下すべきかもしれない……　てか、ブルマ売ってないのかな？

ブルマ欲しいなぁ、ブルマ。

まぁ……　それは一旦《いったん》置いておこう。今は呪術の発動に集中せねば。

ちなみに……　この呪術は遥か昔から存在する古《いにしえ》の呪術である。古い壁画を僕の『悦覧者《アーカイブス》』でピックアップし、解析したものだ。

僕の『悦覧者《アーカイブス》』は最近、「それが書物として意味を成すモノ」であればどんなモノでも解析し、僕に理解できるよう表示してくれるようになった。どうやらいろいろと機能が成長しているようなのだ。多分『悦覧者《アーカイブス》』は一番使ってるスキルだから、練度が高まり少しだけ進化をしたんだと思う。

とにかく……　僕は進化した『悦覧者《アーカイブス》』の力で、この古代の呪法を発見したわけなのだ。

この呪術は眠りの効果を発現する呪法である。その効力は実に強大で、なんと半径一キロ圏内の全ての人間を深い眠りへと誘《いざな》う。無差別に、強制的に、そしてきわめて深い眠りへと落とす呪術なのだ。

そして……　この呪術の凄いところは、これだけ強力な効果であるのに、さほど難しい術式や高度な技術を必要としないところにある。つまり、材料さえ揃っていればきわめて簡単に行える呪術というわけなのだ。

では……

なぜ、こんなに凄くて扱いやすい呪術が今の時代で使われていないのだろうか？

その理由は二つある。

一つは、単にこの呪術自体が古すぎて、知っている人がいないこと。

そして……　もう一つは、発動の儀式に必要な素材が特殊すぎる点にある。

この呪術に必要なもの。それは、沢山の『夢幻虫』と少量の『黒霊水《こくりょうすい》』。

そして……

「いっつぅ…、がはぁっ………ぅぇ…　はぁ………最後の素材、『術者の心臓』っと」

僕は自分の胸元から、自らの心臓をずるりと引きずり出す。

さすがにちょっと痛い。

痛いには痛いが……　我慢できないほどじゃない。

胸元の傷も、開けたそばから塞がっていってるし……　うん、問題なさそうだ。


ともかく……　この術はそういう術なのだ。

つまり、元来この呪術は術者の命と引き換えに発動する術であるということである。

だが僕の場合は、「魔核」があるため心臓を使用していない。

だからなくなっても、何も問題がなく……　むしろ邪魔で、いらないくらいなのだ。

「…………………………っ!!」

ん？

なんか、マリアが僕のことを見ながら硬直をしている。

あぁ……　まぁ、確かに目の前でいきなり心臓引きずり出す奴がいたら、そんな顔になるかもな。

「かふっ……　マリア、大丈夫だよ」

僕は吐血《とけつ》をしながら、マリアを心配させないように微笑む。

「ひぃ…………」

しかし、マリアはさらに顔をこわばらせる。

うん……　よく考えたら、口から血を流して、自分の心臓を握りながらにっこりと微笑む男って……

かなりホラーだよね。

「マリア、落ち着いてね？　とにかく何の問題もないから」

まぁいいや、さっさと儀式を完成させちゃおう。

「さてと……」

この取り出した心臓を、『黒霊水』に浸《ひた》して、魔法陣の上に置いて、そこに大量の夢幻虫を放つだけだ。

うむ……　早速、魔法陣が輝き出したな。夢幻虫の輝きが強まって、七色の光を放っている。

そしてそれと同時に、不思議な呪法の波動が周囲に広がっていっている……

そして、この波動こそが……　眠りの呪法なのだ。

よし、どうやら呪術が正常に発動したようだな。

本来ならこの時点で発動者は死んでるから、本当は仲間がいないと意味のない呪術だけど、僕は一人でいけるから便利だな。

「さて……　それじゃあ堂々と潜入しますか」

これで、ここから半径一キロ圏内の人間は上空から地下に至るまで全て深い眠りについたはずだ。

まぁ、今は深夜だし、さほど目立ちはしないだろう。もし、これで騒ぎになったらその時はその時で対応するとしよう。まぁ人間の中で一流と呼ばれるのがせいぜい300レベルだから、何匹来ようが、最早僕の敵ではないけどね。

「さぁ、マリア、行くよ？」

「う……　うん」

僕はマリアの手を取って立ち上がらせる。

「ほ、ほしくず？」

「なに？」

僕の顔をまじまじと見るマリア。

「本当に大丈夫なの？」

「うん、だって僕今、心臓使ってないから」

僕はマリアにニコリと微笑んでそう言う。

「……………………もう、星屑に何があってもあたし驚かない」

マリアは僕の顔をしばらく見た後、視線を戻し真剣な顔で一人頷くのであった。

「じゃあ正面から入るから、マリアにもコートを着せてあげるよ」

「コート？　………ぇ!?　な、なにこれ!?」

僕は握っているマリアの手から『常闇の衣《コートノワール》』を流し込む。

するとに僕の手からマリアの体を覆《おお》うように、ゾワゾワと闇が広がっていく。

「うわぁ!?　ちょ、なに!?　こわぃ!!」

ちょっと半泣きでじたばたとするマリア。逃げようとするマリアの手を、僕はぎゅっと握って放さない。ああ……　なんか楽しいなぁ。

「くく……　マリア、君を僕の闇に取り込んであげるよ」

僕はそう言って、マリアにニヤリと微笑む。

マリアはそんな僕の顔を見て、はっとし、そして絶望の表情を浮かべる。

「ひゃぁぁ………　いつかこうなると思ってたぁ………」

するとマリアは、がたがたと震えながらへたり込み、全てを諦《あきら》めたようにしくしくと泣き出すのであった。

ああ……　マリアの泣き顔、マジ萌えるんですけど。たまんないんですけど。

「……って、いうのは冗談だけどね」

でもまぁ……　今はこれくらいにしておこう。これ以上やると歯止めが利かなくなる。

マリアを犯しながら喰らいたくなってしまう。

ああ……

マリアの内臓はきっと温かくて美味しいんだろうなぁ……

…………じゅるり。

でも……　だめだ。

だめ、だめだ……　マリアは大切だから。喰べちゃだめ。

「ほら、マリア？　いつまでも泣いてないで目を開けてごらん？」

「ふぇ……？」

マリアは目をぐしぐしとしながら開く。

「え？　これ……　ローブ？」

マリアは自分の体を見回してそう呟く。マリアの体には真っ黒なローブに変化した、僕の『常闇の衣《コートノワール》』が纏《まと》われていた。

「これでマリアも僕と同じように、周りに認識されにくくなったんだよ」

僕は、僕の体にも纏わせた『常闇の衣《コートノワール》』を見せ、マリアを立ち上がらせる。

これで、「セントラルケージ」の入り口に設置してある、魔動監視装置にも記録されないはずだ。

「さぁ、行くよ」

僕はそう言ってマリアの手を引っ張る。マリアはそんな僕に手を引かれて、ちょっと放心したまま付いてくる。そして、数歩歩いた後、小さな声で……

「こ……　殺されるのかと思った」

……と小さく呟くのだった。

そんなマリアをみおろして、僕はニコリと微笑む。

そして……

「安心していいよ、マリア」

「え……？」

僕はマリアの瞳を熱く見つめて……

「僕がマリアを殺す時は……　多分マリアが可愛すぎて殺す時だから」

甘い言葉で、そう言ったのだった。

「……………………」

僕に手を引かれながら、僕のことをポカンと無言で見つめるマリア。

「はぁ………　何が安心なのさ」

そして、深い深いため息を吐《つ》く。

「もぉ…」

マリアは僕のことを呆れたようにして見上げる。

「好きにしてよ」

そして、僕の手をキュッと強く握り返すのであった。

「よし、じゃあマリアは地下五階にある倉庫から、聖石を盗み出して、全部外に運び出してね？」

監獄所の内部に潜《もぐ》り込んだ僕とマリア。

僕はマリアにマルスを貸し出し、そう命令する。

「わかった」

マリアはそんな僕を見上げてこくりと頷く。

「じゃあ、よろしく」

よし、じゃあ僕はまず、最下の独房へ…………………　ん？

「ちょっと…………　星屑」

立ち去ろうとする僕の服の裾《すそ》を、マリアが掴んで引き止める。

「どうしたの？」

僕は振り向いて、再びマリアをみおろす。

「今回の……………………　ごほうびは？」

するとマリアは、頬を少し赤くしながら、そっぽを向いてそんなことを言う。

ああ……　コイツはもう、ほんとにもう。

「欲しいのかい？」

僕はニヤニヤとしながらそう言う。

「…………………………欲しい」

マリアはちょっとむくれながら素直にそう言う。

くふふ……　いいね、素直な娘《こ》は好きだよ。

「じゃあ今夜はマリアを撫で撫でしながら一緒に寝てあげるよ」

僕はマリアの頭を撫でながらそう言う。

するとマリアは、撫でられながら僕を見上げ……

「…………がんばる」

……と呟きながら、にへっと愛らしく笑ったのだった。

「じゃあ……　行ってくるね星屑」

マリアはそう言ってマルスと共にかけてゆく。

ふふ……　やっぱマリア可愛いわぁ。


さて……

「じゃあ僕のほうも始めるとしようか」

僕が今回、この「セントラルケージ」に来た目的は二つ。

一つは最下層の十六番倉庫にある例のものを回収すること。

そして、もう一つは……

僕の持つスキルにして喰屍鬼《グール》の固有スキル、『狂化祭《カーニヴァル》』を完成させるために……

「囚人達をお腹《なか》いっぱい喰わないとなぁ……」


「ぎゃあああああああああ!!」

うん、生の人間は初めてだなぁ。

「あ、足があぁ!!　いぎゃ!?　いたあああああああ!!!」

やっぱ、何でも新鮮が一番だね。この、アキレス腱《けん》のこりこりしたところが美味しいのなんのって。

「あぐぅ……ぇ!?　ぎゃ……　ぁぁああああああ!!　痛い痛い痛いいたいぃぃ!!!!」

太ももは柔らかいなぁ……舌でとろけるよ。

「あがぁ!!　ごぼぉ……　かっ……!　はぁ……ッ　何でこんな……　なんで私喰われてるのぉ!!」

さて、次はお腹だ。あぁ……　やわらかぁい。モツがくにゅくにゅしてて美味しいなぁ。

「あ……　ぎゃ……ぁ　が……　あッ…………あ　ぁ……」

心臓あったかいなぁ。ぴくぴくしてて……　ああ、舌の上でおどるよ。

「…………………………ぁ」

おぉ……　人間のミソって、意外と美味しいなぁ。とろっとしてて、すごくジューシーだよ。

「ばきぃ……　ごりぃ……　くちゃ、くちゃ、んくっ……ぷはぁ…………　ご馳走さまでした」

ああ、新鮮な女の人は美味しいなあ。本当に最高だよ。

あ……　そう言えば、生きてる人殺したのは今のが初めてだな。

ふむ…………　まぁ、こんなもんか。

「さて……　次の独房へ行こうかな」

次の独房はと……

ええと……　『悦覧者《アーカイブス》』で犯罪記録を検索。

ふむ、こいつは……

ええと、強姦魔《ごうかんま》で、十五人の少女を魔法で誘拐し、自宅でレイプをした男……　と。

誘拐した娘は全て強姦後に殺害する凶悪犯。しかし親である、貴族のベルモンド伯爵の計ら

いで死刑にはならない…………　なるほどね。

くふふ……

これは次も美味しく食べられそうだな。

さすが監獄所の最下層。クズしかいないなぁ。

「さて、これでこいつの犯罪歴は全部か……」

僕は……　移動した先の独房で、一人寝ている男をみおろしニコリと微笑む。

ああ、料理は素材の説明を受けるとより美味しく感じられるというけど……それは本当だね。

このクズは、とても美味しく食べられそうだよ。

さぁ……

「いただきます」

「げふ……　うぇぇ、腹重いなぁ」

僕は地面を拳で掘りながら、そんなことを呟く。

うん……　全部で百十六人いたからなぁ。さすがに短時間で詰め込みすぎたか。ちょっとだけ苦しい。

「でも、もうすぐ終わりそうだし……　これ終わったらさっさと帰ろう」

今日はもう宿屋でマリアとイチャイチャしながら寝るんだ。

たまにはめちゃくちゃ甘甘にしてやるのもいいかもな。マリアは馬鹿だから、甘やかしたら甘やかした分だけ甘ったれて、ふにゃふにゃするんだろうなぁ。

くふふ……　超楽しみだな……　お？

「おぉ……　本当に部屋があった」

僕が拳を突き立てた先が……　ぼろりと崩れる。

そして崩れた壁のその先には、小さな石造りの小部屋があった。

その部屋は当然真っ暗だったが、『絶対不可視殺し《インビジブルブレイカー》』を持つ僕には全てがクリアに認識できる。

……その部屋の真ん中には、黒い木箱が置かれていた。

そして、その中には……

「見つけた……」

どす黒い、だけど中心だけが深紅に輝く、不気味な石があった。

僕はその石を手に取り、ニヤリと笑う。

「アルドレデシアの魔石…………　これで」

これで、必要なモノが……

「全て揃った」


「ねぇ、星屑」

「何だい？　マリア」

監獄所「セントラルケージ」から宿屋への帰宅途中、手を繋いで隣を歩くマリアが、僕を見上げて問いかける。

「結局星屑は今回何したの？　今回は何も変わってないよね？」

まぁ……

確かに今回は喰屍鬼《グール》のまんまだしね。

だけどマリア……？　種族なんて本来そうそう変わるものじゃないからね？

「うむ……　そうだなぁ、まあ準備かな？」

めんどくさいので細かく説明する気はない。マリアも僕の笑顔に、にへっと可愛く笑い返した。

僕はマリアに笑いかけて、そう返す。

「準備かぁ……　ふーん、そっか」

「そう、準備だよ準備……」

「準備？」

まぁ、実際のとこ、本当に準備だけだしな。

あとは鳳崎が動き出す頃までに仕上げをしておけば……………………　って、え？

「ぉ………!?」

「ど、どうしたの？　星屑？」

胸のあたりにちくりとした痛みを感じる……

これは……

「さすが鳳崎………　動きが速いなぁ」

これは……

この痛みは、僕がシルヴィアたんの工房に仕込んでおいたスライムが……　死んだ痛みだ。

「マリア、先に宿屋に帰っててくれ」

「え？　ちょ……　星屑!?」

つまりそれは……

「マリア!!　帰ったら、沢山撫で撫でして、揉み揉みして、ぺろぺろしてあげるからね！」

「え、ええ!?」

シルヴィアたんの工房が破壊されたことを意味しているのだ。

そして、それは同時にシルヴィアたんの危機を意味し……鳳崎の思惑《おもわく》が進んでいることも意味する。

僕は、そんな事態を前に……

「くふふ……　本当に予想どおりに行動してくれるね、君は」

笑いながら、シルヴィアたんの工房へと走るのだった。


「あ…………ぁ……　え…………？」

燃えている。

シルヴィアたんの工房が………　周りの家を巻き込んで、ごうごうと燃え盛っている。

そして、そんな燃え盛る工房を呆然《ぼうぜん》として見つめながら……

「え……？　ぅそ……　燃えて…………え？」

パジャマ姿のシルヴィアたんがぺたんと地面に座っている。

そして、そんな可哀想《かわいそう》で可愛そうなシルヴィアたんを、遠くで見つめながら……

「やっべ……　パジャマ姿のシルヴィアたん可愛い！」

僕もまた萌えている。


しかし、そこで……

そんな、呆《ほう》けたまま動かないシルヴィアたんの背後に……

「やあ、こんばんは…………　随分と大変なことになってるみたいだねぇ？」

ニヤニヤとしたムカつく顔をした勇者が近づいて来る。

「ゆ……　勇者《ゆうしゃ》？」

その、突然で、そして不自然すぎる来客に……

「なんで…………　え…………？　まさ……か」

シルヴィアたんは驚き、動揺をする。

「まさか…………　おまえ……が…………？」

目を見開いて、鳳崎《おおとりざき》を見据《みす》える。

「何のことかなぁ……　俺は君の工房に放火なんてしてないよ？」

そして、ニヤつきながら、そう言い放つ鳳崎に……

「きさ……　きさっ……　ま……」

ぷるぷるがくがくと震えて……

「きさまぁぁあああああッッ！！！！」

震えながら、泣きながら、彼女は襲いかかるのだった。

「おっと……」

そんなシルヴィアたんを軽くいなす鳳崎。

「きゃぅ!?」

そのままバランスを崩し、地面へと転がるシルヴィアたん。

「なんだ………　あんた子供だったのか？」

転がったシルヴィアたんの体は小さく……　その幻術は、とうに解けていた。

「楽しみ半減だな、でもまぁ……　これはこれで楽しめそうだ」

鳳崎は……　地面に転がるシルヴィアたんをみおろし、残忍な笑みを浮かべる。

「お、お前っ!!　クソぉ!!　なんで!!　わ、わたしのおみせが!!　おみせがあああああ！！！」

泣きながら絶叫し、鳳崎を睨みつけるシルヴィアたん。その瞳は鳳崎への憎悪で満ちていた。

ふふ……　綺麗な瞳だなぁ。

「なぁこの前のこと、覚えてるか？」

そんなシルヴィアたんの姿を、鳳崎は面白そうにして見下す。

「この、赤い石売れよ………　で、犯らせろ」

そしておもむろに赤い石を取り出し、下卑た笑いを浮かべながらそう言うのだった。

「なっ!?　お前、その石は……！！？？」

驚き、鳳崎を見上げるシルヴィアたん。

「で？　どうなんだよ？　これを売って、そして犯らせてくれるのかよ？」

鳳崎はそんなシルヴィアたんを相手にせず、そして理不尽な言葉を吐きつづける。

「な………!?　何を言ってるんだお前はさっきからぁ!!　早くその石を返せ!!　いいから返せ!!　お店も返してよおおおお!!」

シルヴィアたんは激怒しながら、鳳崎に突っかかろうとする。

「え！　きゃん!?」

しかし、それすらかなわず……鳳崎の『五重結界《フィフスケージ》』に弾《はじ》かれて尻もちをつく。

「ふーん、俺の言うことが聞けないと……　じゃあ仕方ないな」

鳳崎はニヤリと笑う、そして……

「衛兵さーん……　犯人いましたよぉ！」

ニヤニヤとしながら、そう声を上げるのだった。

「………………………ご協力感謝します」

鳳崎の声と共に、どこからともなく複数の衛兵が現れる。そして……

「え!?　ちょ……　ええ!?　な……　なんで私を捕まえるの!?」

そして、衛兵達はシルヴィアたんを拘束する。

「シルヴィア・アーデルハイドだな？　貴様の工房から大規模火災が発生したとの目撃情報が二十五件寄せられている、これは貴様を此度《こたび》の火災の原因として拘束するのに十分な目撃情報であり、加えて魔動観測装置にも貴様の工房からの出火が認められている……」

複数の衛兵がシルヴィアたんを拘束し……　その中の衛兵の一人がそう読み上げる。

そして……

「よって貴様を……　大規模火災の原因と断定し、その責《せき》により逮捕する」

シルヴィアたんにそう言い渡したのであった。

「え……？　うそ…　え？　なんで？　え？」

あまりの急展開に呆然とし、狼狽《ろうばい》するシルヴィアたん。そこには……

「いやぁ、火事を起こすなんて、とんでもない女だなぁ」

そんな彼女の姿を見てニヤニヤとする、糞野郎《くそやろう》鳳崎の姿があるのだった。

そう……

これこそが鳳崎の「手口」なのだ。

狙った相手の家に、放火をし……　近隣の家を巻き込むほどの大火事を引き起こす。

そう……　奴は、狙った相手を火災の原因として逮捕させるのだ。

そして……

この王国において、周りの家を巻き込むほどの火事を引き起こした者が辿る道は二つ。

一つは周りの家の、火災による損失分を全て弁償すること。

そしてもう一つは……

奴隷として自らを売り、そのお金で損失分を補填することである。

火災保険などの概念がない、この世界ならでは……　そして奴隷というものが当たり前であるこの世界ならではのしきたりである。

まぁ実際は、人ひとりを売り払ったところで複数の家屋《かおく》の損失分は補填できないため、あくまで「足《た》しにする」程度にしかならないのだが……だが、「決して火災を起こさない」という緊張感を保つためには必要な法なのだろう。

とにかく……

火災の場合、ほとんどの者が辿るのは、後者……　つまりは奴隷に堕《お》とされる方である。

なぜなら、火災の原因になるということは……　資産も焼き尽くされてしまっているということだからだ。

おわかりいただけただろうか？

今僕の視線の先にいる、ニヤけたクソ野郎が、シルヴィアたんに何をしようとしているのか？

そう……

つまり奴は、シルヴィアたんを奴隷競売にかけ、それを自ら買い取り、合法的にシルヴィアたんを我が物にしようとしているのだ。

鳳崎は一般市民に直接危害を加えることは禁じられている。

しかし……　それが自分の奴隷なら問題はない。自分の物ならば、傷つけようが殺そうが思うがままだ。故《ゆえ》に鳳崎はこうして、勇者としての立場を利用し、王国の協力を仰《あお》ぎ、意中の相手を合法的に奴隷へと堕とす。

まず……

火事を偽装し、相手を逮捕させる。

次に奴隷業者に圧力をかけ、「偶然の不手際」による、告知を失念した奴隷競売を開始させる。

そして……

競売者が一人もいない競売に、鳳崎はあくまで「偶然」参加し……　相手を最低価格で競《せ》り落として奴隷にするのだ。

これが鳳崎の「手口」の全貌《ぜんぼう》だ。

勇者としての権力を存分に利用した、実に腐ったやり口である。

「いや……　いやだ、いやだああ!!　え!?　なんで!?　シルヴィア何も悪いことしてないよ!?」

叫び声が聞こえる。

シルヴィアたんが衛兵に連れ去られるきわの叫び声だ。

僕はそれを静かに見送る。

そして鳳崎の顔を見る。

鳳崎は………

「くく……　奴隷になった時、奴がどんな顔するのか楽しみだなぁ」

そう言って、泣き叫ぶシルヴィアたんを見ながらけたけたと笑うのだった。

ああ……

鳳崎君。

君は今、実にいい顔をしているね？

本当に、吐き気がするほどのいい顔をしている。

さて鳳崎………

これから始まる、競売相手のいない競売に……　君だけの奴隷市《いち》にもし。

競売相手がいたら、君はどうするんだろうね？

いつもどおりの、君しか知らないはずの、自由競売の決行日を、もし……

盗み聞きしている奴がいたら、君はどうなるんだろうね？

本来……　「火災」での奴隷競売は、少しでも補填分を回収するため、「完全自由参加の自由競売」となっている。

少しでも値を上げるために「どんな人間であっても参加可能」な競売となっているのだ。

それはつまり……

くふふ……　僕が参加しても、何の問題もないはずだよね？

「……楽しみだなぁ」

シルヴィアたん、安心してくれ、君を奴隷にするのは……

僕だよ……　くふふ。

STATUS

御宮星屑 GOMIYA HOSHIKUZU

Lv 1069

種族 — 喰屍鬼《グール》　スライム

装備 — なし

HP — 3050 / 1050（＋2000HP 分のスライムで構成）

MP — 510 / 510

力 — 5845 （『魂魄支配《オーバーソウル》』により 1.5 倍まで引き出し可能）	**対魔** — 0
魔 — 0	**対物** — 500
速 — 500	**対精** — 600
命 — 5345	**対呪** — 300

【契約魔】マリア（サキュバス）

【使い魔】イノセントスライム／ミッドナイトスライム／内蔵スライム（×2000）／マッスルスライム／色とりどりスライムセット100個入り

【称号】死線を越えし者（対精＋100）／呪いを喰らいし者（対呪＋300）／悪鬼のごとく腐りきった者（グール化 HP＋1000 MP＋500 力＋500 速＋500 対物＋500 対精＋500）／龍殺し（裏）

【スキル】『悦覧者《アーカイブス》』『万里眼《ばんりがん》（直視）』『ストーカー（X）』『絶殺技《オメガストライク》』『火とめ焔れの一夜《ハートストライクフレイム》』『バイタルコントロール』『魂魄支配《オーバーソウル》』『味確定《テイスティング》』『狂化祭《カーニヴァル》』『絶対不可視殺し《インビジブルブレイカー》』『完全体《パーフェクトバディ》』『常闇の衣《コートノワール》』

復讐過程　その11　娘さんを僕に下さいという名の物理攻撃

「さて……　シルヴィアたんはどこかな？」

僕は今、『常闇の衣《コートノワール》』を纏って衛兵の詰所へと忍び込んでいる。誰にも気づかれず侵入し、天井裏からシルヴィアたんを捜索中だ。

しかし、『常闇の衣《コートノワール》』は本当便利だな。何せ聴覚も、視覚も、魔覚も……　全ての知覚阻害をしてくれるから、忍び込みにはもってこいだ。

まぁ、あくまで「阻害」をしてくれるだけなので、透明にこそなれないが、闇夜にまぎれながら衛兵の詰所に入り込む程度は楽勝なのである。

「シルヴィアは何もしてないんです！　火事なんて起こしてないんです!!」

む……？

この甘くて高いアニメ声は……　間違いない。シルヴィアたんだ！

「こっちの部屋か……？」

僕は声がしたほうの部屋へと赴《おもむ》き、そして天井裏からその一室を覗《のぞ》く。

「………悪いが証拠は全て出来上がってるのだ、諦めろ」

「家屋八棟と、それに伴う家財の損失による被害額は合計で金剛貨七枚と光銀貨五枚だ、そしてシルヴィア・アーデルハイド……　お前の総資産は錬金ギルドに預けているものを合わせても金貨十枚ほどしかない、つまりお前の奴隷化はほぼ決定ということになるな」

「そ……　そんな……　こ、こんなのおかしいよ、もっとよく調べてよぉ……」

僕が覗いたその先には……

厳しい顔をした衛兵二人と、泣きそうな顔をしているシルヴィアたんがいた。

「ふむ……　大分話が進んでるみたいだな」

見たところ、もうすでにシルヴィアたんの罪状は確定していて、奴隷市に出されることまで決定済みらしい。

普通はそこまで決まるには、早くても二日くらいは要するらしいんだけど……

さすがは鳳崎君、準備は万端ってことだね。そういう仕事の速さには恐れ入るよ、クソ野郎。

「では、奴隷競売は明日の夜十時に行うことになる」

「まぁ……　少しでも幸せになれるよう祈っているよ」

衛兵の二人は、シルヴィアたんと目を合わせないようにしながら無責任な言葉で締《し》め括《くく》る。

そしてそのまま、関わりたくはないとばかりに部屋から出て行ったのであった。

「そ……　そんな……　なんでぇ？　シルヴィアが何したっていうのさぁ……」

一人、無機質な部屋に取り残されたシルヴィアたん。

「ぅ……　ぐすっ……　ひぐぅ……　お…　みせぇ……　シルヴィアの工房がぁ……　な

んでぇ……？」

シルヴィアたんは……　机に顔をつっぷして、一人でぐすぐすと泣き始めた。

孤独に、寂しく、絶望的な状況の中で……　小さな体を震わせて泣きじゃくるシルヴィアたん。

丸まった小さな背中が、机に広がる銀色の髪の毛が、すんすんとすすり泣く泣き声が……

その全てがかわいそうで、抱きしめたくなるほどに、可愛い。


だけど……　だけど今はだめだ。

今、シルヴィアたんを慰めてあげるわけにはいかない。

なぜなら……

「くふふ……　シルヴィアたんには一度、完全に絶望してもらわないとね」

そのほうが、あとあと躾《しつけ》が楽だからね。


さて……

知りたかった情報は得られたし、そろそろ行くかな。

競売は明日の夜十時か。

奴隷市の基本的な閉場時間は夜八時だから……　完全に鳳崎のための奴隷競売だな。

ふむ……

だけどまぁ、準備する時間としては十分だ。作戦上、鳳崎と対面することになるから、僕の「強化計画」も今夜中に仕上げておかねばならないが……

準備は全部出来ているので、進行上の問題は全くない。

あとは金《かね》だが……　そこは、この前狩ったハイドドラゴンの牙を売りさばけば作れるだろう。

そしてその後は……　くふふ。

あぁ、楽しみで仕方ないなぁ。

でも、もうすぐ……　もうすぐだ。

よし……

じゃあまたね、シルヴィアたん。

今度会う時は……

「僕がご主人様だよ……」

僕はしくしくと泣く、寂しげなシルヴィアたんの背中を見つめて、ニヤリとするのであった。

夜の平原。月も出ていない、完全な闇の中。

僕とマリアは、赤黒く輝く魔法陣の前に立つ。

ここは、かつて僕が悪魔召喚を行った場所。余命一年という契約の下に、マリアを手に入れた場所である。一度、「開いた」ことにより……　呼び出しやすくなっている場所。

「出《い》でよ悪魔よ！」

そこで僕は再び悪魔を呼び出す。つい数日前に命の取り引きをした悪魔を……

僕は再び呼び出したのだった。


「………………………ほぅ、我を再び呼び出すような馬鹿がいるとは思わなんだぞ」

妖しい光と不気味な声と共に、ずるりと顕現《けんげん》する悪魔。

悪魔は僕とマリアをみおろし、その顔を不快そうに歪める。

「つまり……　一年残してやった余命すらいらないということだな？」

悪魔はそのまま、話も聞かずに無造作に右手を振り上げる。

「なぁ………　愚《おろ》かなる人間よ」

そして悪魔はその右手を……

まるで虫か何かでも潰《つぶ》すかのように……

「死ね」

勢いよく、僕へと振り下ろしたのだった。

ぐちゃ……

…っと気持ち悪い音を立てて、僕は一瞬で肉塊《にくかい》へと変貌する。

悪魔が振り下ろした右手の下では、僕がぐしゃりと潰され、びちゃりと辺りに飛び散る。

マリアの頬にも僕の血が飛び散った。

「あっけないな、クズめ……　身の程を知らないからこうなるのだ」

悪魔は無表情に、さっきまで僕だったものをみおろし、そう吐き捨てる。

「おい、お前……　幻界へと帰るぞ、お前にはしばらく我が屋敷で下働きをしてもらう」

そして、悪魔はマリアを見やり高圧的な態度でそう命令をした。

「お父様……」

マリアは、そんな悪魔をゆっくり見上げる。そして……

「無理です」

小さく、だけどはっきり、そう言うのだった。

「………………どういう意味だ？」

悪魔はそんなマリアを睨みつけ、問い掛ける。

「だって、あたしのご主人様はまだ健在ですから……　契約上、お父様の命令は聞けません」

「…………………ちぃ、頭がいかれた不良品だったか」

マリアは地面に散らばり、足元に転がる僕の生首を抱えて、再度はっきりとそう言う。

悪魔はそんなマリアを、ゴミか何かでも見るようにして、そしてまた右手を振り上げる。

マリアを僕と同じように潰そうとしている。

「せめて私の手で逝《い》かせてやろう……　死ね」

そして、その右手をマリアめがけて、思い切り振り下ろした……　が、その時。

「……ッがぁっッあ!?　な！　何だ!?」

振り下ろされた右手が「バキィ」と音を立てて、大きく弾かれる。

「ぐぁ!?　あ……　ぁ熱いぃ！！？？　右手がっぁ!!」

そしてその弾かれた悪魔の右手には、何かに撃ち抜かれたかのような丸い穴が開いていた。

「くふふ……　どうですか？　セントラルケージに死蔵されていた対悪魔用聖石のお味は？」

「な!?　だ、誰だ？」

魔法陣の周囲に悪魔の怒声《どせい》が響く。

「おぉ、さすがは近距離戦闘特化型の上位悪魔ですね、凄い再生力だ……　もう右手の傷が塞がり始めてる」

「こ、この声は……　さっきの人間か!?　しかし、そいつは今さっき肉塊に……」

悪魔は、動揺したように辺りを見回し……

「再生力は凄いけど……　だけどまぁ、それだけですね」

そして……　ある一点でその視線を止める。

「き、貴様……　な、なぜ」

悪魔のその視線の先……それはマリアの胸元。マリアが胸元に抱える………

「なぜ……　生きているぅぅぅぅ!?」

喋《しゃべ》る、僕の、生首だ。

「あぁ……　これはね、僕の体組織で作ったデコイなんですよ」

僕の生首はニコリと笑って悪魔に語りかける。

そう……これは僕が時間をかけてじっくり作った、僕の内蔵スライムで構成されたデコイ。

戦闘力を持たず、レベルも低く、まともに歩行もできないけど……それ以外はほぼ僕と同じの、そんなデコイ。本人以外できないはずの悪魔召喚も可能な、限りなく僕に近い分身体だ。

「で……　デコイだとぉ!?　な、何だそれは!?　で、では……　では貴様の本体は」

「あ……　それ気になっちゃいますか?　やっぱり気になっちゃいますよね?」

マリアに抱きかかえられた僕の生首がニヤニヤとしながらそう答える。うん、我ながら実にムカつく顔をしている。

「くふふ……　僕の本体はね？」

そう、僕は今……

「ここから十キロ離れた安全なところにいるんですよ」

近距離特化型の悪魔様では決して届かないような距離から、悪魔様がもっとも嫌いな聖石でもって……

「あなたの命を………　狙いながらね」

あなたを狙撃しているのだ。

「ぐぁわあああ!?　痛い!?　熱いイイイ!!」

僕は悪魔の胸元を撃ち抜く。何度も何度も撃ち抜く。

「さぁ、絶体絶命ですね、デグラフルート伯爵様？」

僕の生首がニタニタと笑ってそう言う。

ああ、僕ってあんなゲスい顔で笑うんだなぁ……　まじ引くわぁ。

「な!?　なぜ貴様、私の名前を知っている!?」

「くふふ……　さぁ、なぜでしょうね？　不思議ですね？」

まぁ、『悦覧者《アーカイブス》』で幻界にある帳簿やら魔界にある伝記やらを読《よ》み漁《あさ》ったからね。

それで入念な下調べの上で、近距離特化型の上級悪魔様を……　つまり僕と相性が良さそうなあなたをピックアップしたんですよ？

　どうです？　光栄でしょ？

　さぁ……

「とにかく、そんなわけなんで、僕のために死んでください」

「ぐぁ!?　やめろ!!　もうやめろおおおおお!!」

　僕は超遠距離から、デグラフルート伯爵閣下《かっか》を聖石でフルボッコにする。もういじめかってほどに、聖石を連射しまくる。相手は魔法陣で縛られてるから、あそこから動けないし……しかも近距離特化型だからこっちまで攻撃は届かない。幻界に戻るには、一瞬の「タメ」が必要なので、連続攻撃を受けていては逃げ帰ることもできない。

　対してこっちは、僕が最も力を発揮できる長距離からの連射攻撃。しかも悪魔が嫌いな聖石での攻撃。

　もう、ぼっこぼこである。

　あぁ、楽しいなぁ。一方的って超楽しい。

　まじで、快感だ……　ゾクゾクする。

「き、きさまあああああ!!　許さんぞ!!　こんな一方的なやり方許されると思っているのかあああああ!!　卑怯《ひきょう》だぞ!!　正々堂々戦えぇぇぇえええええ!!」

　何言ってんの……？

「くふふ……　い、や、です」

僕の生首が楽しそうに微笑む。

ふふ、正々堂々ねぇ……　何それ美味しいの？　中華料理ですか？　青椒肉絲《チンジャオロース》の仲間ですか？

そもそも、あなただって今まで弱者相手に一方的に搾取してきたんでしょ？

自業自得じゃないですか。だから、しょうがないよね？

うん、しょうがない。よし、ギルティ。

「ぐぁああ!!　お、おい！　お前!!　ぎゃあっ!!　ち、父を、父を助けろおぉぉっぉおおお!!」

悪魔が叫びながら、マリアを見やる。下級悪魔に助けを求めるとか……　ふふ、超無《ぶ》ざまぁ。

まぁ再生を上回るスピードで攻撃しまくってるから、相当にダメージが蓄積してるんだろう。そろそろ本格的にやばいんだね。

「お父様……　もう、諦めてください」

マリアは、そんなめちゃくちゃにボコられる父を、哀れみの視線で見ながらそう言うのだった。

「クソオオおおおおおおおおおおおおおおおおお！！！」

血の涙を流して、悲痛な叫び声を上げる悪魔様。

ああ、いい声で鳴くなぁ……　くふふ。

ほんとにいい……　楽しい。高圧的な奴を潰すのって超楽しい。


ホント……

「あぁ、強いものいじめって楽しいなぁ!!」


「も……　もぅ……　やめてくれぇ……　悪かったぁ……　私が悪かったから」

十キロ先の森の中。

悪魔が、魔法陣の上で虫の息で這《は》い蹲《つくば》っている。

悪魔伯爵デグラフルートが今、僕の聖石攻撃によって息絶えようとしている。

「さて……　じゃあ終わりにしますかね？」

伯爵の前にいる僕の生首が……　いやらしい顔をしてそう告げる。

「や……　やめろぉ………　やめてくれぇ………!!」

力なく、悲痛な叫び声をあげながらそう言う悪魔。最早悪魔の威厳など、かけらもない……

なんとも惨《みじ》めで情けない姿。僕は、そんな悪魔を遥か先で見下し、そして……

「終わりだよ」

最後の一投を振りかぶった。

そして、強く握りしめたその石を悪魔めがけて……　僕は思い切り投げた。

「や……　やめろ、やめろ……　やめてくれぇぇぇぇ！！！！！」

その石は、真っ黒な軌跡を描き、そして悪魔の心《しん》の臓を捉え、貫く。

「ぎゃあアアアアアあああああああああああああああああ
あッッ！！！」

そしてその石は真っ黒に、毒々しく、禍々しく輝く。

「あああああああ…………　あ？」

その黒い光は……

「こ……　これは……」

監獄所「セントラルケージ」に封印されていた、この魔石は……

「この魔石はまさか……　まさかぁ!!」

悪魔に……

「私が数百年捜し求めていた……　『アルドレデシアの魔石』」

強い力を与えるのだ。

「が……　がははは!!　力が漲《みなぎ》る、漲ってくるぞぉぉぉ!!　あ、はは!!　な、なんのつもりかは知らんが、これで私が負けることはなくなったぞおおおおお!!」

その魔石、『アルドレデシアの魔石』は悪魔に強大な力を与え、その悪魔を進化させる力を持った恐ろしいアイテムだ。まぁ、それゆえ王国内で秘密裏に保管されていたのだ。

とにかく……

これでこの悪魔ことデグラフルート伯爵は上級悪魔の中層から、上級悪魔の高位へと押し上げられたわけなのだ。

まぁ、自分でやっておいてなんだけど……　これは非常にリスキーな状況だ。何せ上級の高位と言ったら、伝説級に限りなく近い強さであり、事実上、普通の生物が辿りつける最高位の強さだ。つまり、シャレにならないレベルの強さということである。今の僕では、この優位的な状況であっても倒せないほどの強さと言えるだろう。

まぁ、それはもちろん、普通にやればの話なんだけどね？

「悪魔魂精《こんせい》契約事項第十三章五節『契約違反発覚時ニ於《お》ケル主契約悪魔ニ課セラレシ罪科《ざいか》』

……【トガノクサビ】執行」

僕は、幻界に存在する悪魔の法、『悪魔幻法』の一説を復唱する。

「ぐぁ!?」

その瞬間に、まるでデグラフルート伯爵の体から生えるようにして、真っ黒なクサビが飛び出し、彼を拘束する。このクサビは魂悪魔導契約書《グリモア》を用いた正規契約をしたからこそ申請できる、理不尽な契約を行った悪魔に対しての罪の請求だ。

【トガノクサビ】は悪魔の力を抑制する効果を持つ罪科だ。これで伯爵の力は、大分削《そ》がれたことだろう。

もちろん……　これだけで何とかなる上級の高位ではないのだが。

「続いて……　行け、ホリスの大群」

次の瞬間、僕は魔法陣の周りの地面に仕込んでおいたホーリースライムの大群に声をかける。

すると……

「きゅむぅ――――――――！！！」

いやに高い鳴き声を放ち、悪魔へと群がる青白いスライム達。

これは、シルヴィアたんのところで購入した『最高級聖水』の中で培養《ばいよう》したイノスの分身体……　それを大量に増殖させたものだ。その主な特徴は「ホーリースライム」の名のとおり……悪魔の嫌いな聖性が付与されているということだ。

つまり……

「ぐあああああ!?　何だこいつらは!!　ぐぅ!?　がぼぉ!?　ぐ!!　邪魔だああ!!」

こいつらには悪魔のステータスを下げる効果がある。

よし……

クサビと聖水をくれてやったことで、伯爵のステータスは大分減退しているはずだ。

だが……　まだこれでは終わらない。上級の高位を舐めちゃいけない。相手は僕の、完全な格上だ。

まだ力が馴染《なじ》んでなくて先程までのダメージが残ってる今のうちに……

本調子でないうちに畳《たた》みかけるぞ。

「『魂魄支配《オーバーソウル》』、全開発動」

僕は自分の魂の力を全開にする。肉体を完全に支配し、限界以上に稼動させる。これで僕の力は一時的に1・5倍……　8767だ。

その代わり、これをやると後の反動が凄いんだけどね……

「加えて『完全体《パーフェクトバディ》』」

『完全体《パーフェクトバディ》』は僕の〔力〕のステータスが5000を超えた時にボーナスで手に入ったスキルだ。

その能力は「筋肉の完全制御」だ。魂の力で無理やり稼動させる『魂魄支配《オーバーソウル》』とは違って、自身の筋肉を脳内イメージのとおりにコントロールできるようになるという能力だ。

火事場の馬鹿力をいつでも出せるようになる能力だとでも言えばいいのだろうか？

まぁ、正直なところ『魂魄支配《オーバーソウル》』と重ねがけして、あまり意味のあるスキルではないけど
……　ダメ押し程度にはなるだろう。

「そして……　『狂化祭《カーニヴァル》』」

僕は……

さらにスキルを起動する。そして、その瞬間に、僕の体から赤いオーラが噴き出す。

禍々しく、人の怨念が練り込まれた……　淀《よど》んだ血のように赤黒いオーラが噴き出す。

そして……　それと同時に、僕の体に激しい力が漲る。

力が、激しく、猛《たけ》り狂う。

『狂化祭《カーニヴァル》』

そのスキルの能力は……　実にシンプル。

連続で喰った人間の数だけ〔力〕が強くなる。それだけである。

発動条件は人を連続で百人以上喰らうこと……

そして……　僕がこの前監獄所にて、連続で食った人間の数は百十六人。

それがこの『狂化祭《カーニヴァル》』の力によって……　僕の力は１１６％になるのだ。

つまり、今の僕の〔力〕がさらに1・16倍……　つまり10170。一万超えの暴力だ。

さぁ……　あとはここにハイドドラゴンコンボ。『クロスコーの雫』と『麻薬』による……

『火とめ焔れの一夜《ハートストライクフレイム》』だ。

「くけけ……」

さぁ、悪魔伯爵。進化して嬉しいところ悪いんだけど……

そろそろ終わらせてもらうよ。

これであなたを殺して契約は破棄。そしてマリアは無理やり僕の物にする。

そんなわけで、お父さん……？

「くふふ……　娘さんを僕に下さい」

僕は…………

「な！　がぁ!?　ぎゃあああああ!!　熱い!!　熱いぃぃ!!　ぐぎゃああ！！！」

上級悪魔の高位を、めちゃくちゃにぶち殺したのだった。

「これで……　ようやく手に入れることができたよ」

僕はさっきまで魔法陣があった場所に降り立ち、そして、そこにある赤黒い物体を手に取る。

「怨念にまみれた、最上級悪魔の魂……　くふふ」

そして僕はそれを……

「ではさっそく………　いただきます」

ごくりと……　飲み込んだ。

「が………っ!?」

その瞬間にドクリと高ぶる僕の魔核。

「ぐぁ……　むね……がぁ!!」

それが、胸の中でばきばきと割れ……　そしてより大きくなり生まれ変わる。

「あ……　熱い!!　ぐあああああああああああああああ！！」

僕の魔核は燃え盛り、そしてその炎が僕の体を燃やしてゆく。

「うおおおおおおおおお！！」

そして、燃えた先から再生し……

僕の体が……　生まれ変わる。

「がはぁぁっ!!　はぁっ！！！　はぁ……！　はぁっ……」

魔力が漲り、禍々しいオーラを放ち、凄まじいまでのプレッシャーを放つ……　上級悪魔の高位へと生まれ変わる。

「はぁ………　くふふ………　これが」

そう、これが………

膨大な魔物《ハイドラゴン》を喰いちぎり、大量の人間《しゅうじんたち》を喰い散らかし、果ては悪魔《さいじょうきゅう》さえも喰らう……底なしの悪食《あくじき》に与えられし称号。

「暴食の王《ベルゼバブ》か………」

あぁ……　これは思いのほか良い気分だ。

これが悪魔の気分か。くふふ……　いいなぁ。

実に清々《すがすが》しく、実に禍々しい……　あぁ、世界がどす黒く輝いて見えるよ。

「ほ………　星屑……　さま？」

ん？

マリアが……　僕に様づけだと？　まぁ……　悪くはないけど、どうした？

「どうしたんだいマリア……　いきなり様づけだなんて」

僕はマリアに微笑んでそう言う。

「え……　だ、だって、星屑様は上級の悪魔ですし」

…………なるほど。

マリアが今まで僕に敬語を使わなかったのは、単に僕が悪魔じゃないからだったのか。

まぁ、確かに下級の悪魔は上級の悪魔には絶対に逆らえないものらしいからな。

それは、礼儀というより本能的なものなんだろう。

「今までどおりでいいよ……　これは命令だ」

僕はマリアを見やり、そう言う。

「わ、わかった」

マリアはそんな僕の視線に、一瞬びくっとなった後、こくこくと頷いた。

ふむ……　どうやら無駄にプレッシャーが強くなっているみたいだな。慣れるには、調整が必要だな。

「それよりマリア？」

「なに？」

僕はマリアを抱き寄せる。

「どうする？　これで完全に、君は一生僕の所有物だ」

僕はマリアを抱きしめて、微笑む。

「一生逃げられないよ……　どうする？」

そして、マリアの耳元でそう言ったのだった。

「ぅ…………」

それに、一瞬ぶるりと身を震わせるマリア。

「あたしは…………」

マリアは少し顔を赤くして……

「逃げる気なんて……　ないもん」

僕にそう呟いたのだった。

※マリアさんの人生、ある意味終了のお知らせ。

[「スライムの生態について」 アドールド・シュワルサー]

……スライムには序列がある。

その序列とは、生命の危機に瀕《ひん》した際、どのスライムを生かし、どのスライムを殺すかという、スライムのコミュニティ上における生殺《せいさつ》の序列である。そして、その序列における頂点に位置するスライムとは「分裂の大本《おおもと》」にあたるスライムとなる。

スライムという生物は、あらゆる環境に進出し、それに時間をかけて適応し、そして繁殖してゆく生物である。

しかしスライムは、その進出した先の環境に適応できない際に、すでに適応できる環境を確立している親スライムを守り、生かそうとする習性がある。それは全滅を防ぐためのスライムの生存本能といえよう。

つまりスライムという生物は、本能的に親スライムを上位とし、守ろうとする生物なのである。

それゆえ、分裂を何度も繰り返し、分布を広範囲に広げたスライム群の一番大本のスライムは、必然的に無数のスライムに守られる存在……つまりはスライムの王とも呼べる存在となるのだ。

「さて……　ここからが本番だ」

僕は抱きしめていたマリアを地面に降ろす。

「え？」

そんな僕を見上げるマリア。

「マリアは今、きっとこう思っているだろう……　星屑さんってば、ついに上級悪魔になったのね、ステキ！　抱いて！　……と」

「…………………はい？」

そう……　僕は予定どおり上級高位の悪魔になった。この世界でもそれなりの強さを誇る存在へと成り上がった。

「だが……　実はその上級悪魔ですら、僕にとっては進化の過程でしかないのだよ」

そう、今回の僕の強化プロジェクトの終着点はベルゼバブではない。

いや……　ベルゼバブであることに変わりはないのだが、ただのベルゼバブではないのだ。

ここにもうひと手間……　僕は加える。

そして、それこそが今回の僕の進化の終着点。ひとまずの完成なのである。

そう……そしてそれは、この『暴食の王《ベルゼバブ》』の固有スキル……暴食の名を冠する、この悪魔の力……　『魔喰合《まぐわい》』によって完成するのだ。

「そんなわけでイノス……」

「…………………」

僕はイノスをポケットから取り出す。イノスは相変わらず何も言わずにぷるぷるとしている。

「僕は今から君を……」

「………………………」

僕はイノスを見つめて言葉を続ける。イノスはやっぱり、静かにぷるぷるとしていた。

「君のことを…………　僕は食べるよ」

「…………………」

イノスは……

何も言わなかった。


「え？　イノス食べちゃうの？」

マリアが、意外そうな顔で僕にそう言う。

「星屑……　イノスのこと、すごく大事にしてたのに」

そう……僕はイノスのことをすごく大事にしていた。何せ、僕がこっちの世界に来てから出会った、初めての心を許せる相手だ。思い入れがないはずがない。ぶっちゃけ、僕の脳内で練成した萌えキャラ「イノスたん」で一人ハッスルしてしまったことも一度や二度ではないのだ。

そのくらいに僕はイノスを大事にしていた……

だが……

「ああ…　僕はイノスを食べるよ」

そう。

だって、僕がイノスを使い魔にしたのはそのためなんだから。

始めからそうすると決めていたのだから。

ベルゼバブの固有スキル……『魔喰合《まぐわい》』
そのスキルを一言で言うと、それは「融合」である。
それは食べた相手を自身に取り込む力。この力で喰らった相手を消化吸収し、そして自分自身と魂レベルでの融合をして、対象の全てを取り込む能力なのである。

僕はこの力を使い、イノスと交わる。

すでにスライムで構成されているこの肉体に、イノスを交わらせるのだ。

そして……　それにより、僕の体はより高次元のものへと変わる。さらに強く、そして強いだけでない、万能性と汎用性《はんようせい》に富んだ肉体へと変わるのだ。


「さぁ……　イノス」

「…………………………」

僕は大きく口を開ける。そして『魔喰合《まぐわい》』のスキルを起動させる。

「僕と一つになろう」

僕はイノスを……

「…………………………きゅ」

ちゅるんと飲み込んだのだった。

「…………………………む」

イノスを飲み込んだ瞬間。僕の体の奥に、何かが染み渡っていく。

そしてそれと同時に、僕の体が根本的に変化したのを感じた。

「ああ……　これがスライムの感覚なんだな」

体が水の塊《かたまり》になったような、ぬるま湯の中で常にたゆたっているような……　そんな感覚。

これがスライムの感覚なんだ。

「え…………　何か、変わったの？」

自分の手をしげしげと眺める僕を見上げ、不思議そうにそう言うマリア。

「ああ、全てが変わったよ」

確かに、見た目は全く変わっていない。

しかし、中身が全然違う。大違いだ。

確かに、スライムの体にスライムを取り込んだところで何が違うのかと思うかもしれない。

だが、違うのだ。生物としての本質が違うのだ。

さっきまでの僕はあくまで、「体組織《たい》がスライムで構成されている悪魔」にすぎなかった。細胞の素材がスライムというだけで、実際にスライムとしての能力が使えたりするわけではなかったのだ。

しかし、今の僕は違う。今の僕は、スライムと魂レベルで交じりあっている。

つまり、今の僕は悪魔でありながらスライムなのだ。

しかもその取り込んだスライムは僕の使い魔。その親和性は極めて高く、まだ取り込んで間もないのに、もう完全に交じりあっている。

そして…………ここからが大事なところ。

僕のこの体。悪魔の形をしているこの体の素材は、スライムであるということだ。

今までと違い、魂にスライムを宿す僕は、スライムで作られたこの体を「体細胞の代替《だいたい》」ではなく、「スライムそのもの」として扱うことができるのだ。

そう……　今までは魂のベースが人間であったから、人間の形しかとれなかった。しかし今は、魂にスライムも宿している。そのため、スライムとしての姿もとれるのだ。

つまり僕は「体組織がスライムで構成されている悪魔」から「悪魔の力が使えるスライム」へと進化したのだ。

それが具体的にどういうことなのかと言うと……

「え？　ええっ!?　ほ、星屑が二人に!?」

このように分裂したり。

「うえ!?　あっ　ん、ぅあ!?　しょ、触手!?」

このように体の一部をデロデロにしたり姿形を変えたりできるのだ。

「んぁ！　ぁ…　いやぁ　だめっ!!　か、かたいぃ!!」

密度や質感を調整すれば、柔らかいだけでなく硬くもできる。うむ……　何という万能性。

これは戦闘のバリエーションだけでなく、夜のレパートリーも増えそうだな。素晴らしい。

そして……　素晴らしいついでにもう一つ、

「よし、じゃあスライム達……　全員おいで」

僕は、触手にねっとりとされて、ビクンビクンしてるマリアを一旦放置して全スライムを呼び出す。すると僕の元に、「きゅぅ」だの「ぎゅぅ」だの「ぎゃむ」だの……　多種多様な鳴き声のスライム達が一様に群がった。

そして僕はそれらをぐるりと見回し……

「それじゃ……

『ミッドナイトスライム』『マッスルスライム』『ホーリースライム』『グリーンスライム』

『フィールドスライム』『ポイズンスライム』『マッドスライム』『ブラウンスライム』『ウッド

エキススライム』『メタルスライム』『ゴールドスライム』『ウィードスライム』『アッシュスライム』『アーススライム』『ファイヤスライム』『レッドスライム』『バーニングスライム』『ボルケーノスライム』『インフェルノスライム』『フレアスライム』『ウォータースライム』『シーソルトスライム』『オーシャンスライム』『ブルースライム』『コバルトスライム』『シアンスライム』『サンダースライム』『スパークスライム』『イエロースライム』『オレンジスライム』『ウィンドスライム』『スカイスライム』『エアースライム』『クリアスライム』『ピンクスライム』『エロススライム』『ソードスライム』『ダークスライム』『シャドースライム』『バーサクスライム』『シャインスライム』『ライトスライム』『ホワイトスライム』『ブラックスライム』『スピリットスライム』『ネビュラスライム』『ラブスライム』『ムーンスライム』『サンスライム』『クラウドスライム』『レイニースライム』『ブラッドスライム』『クールスライム』『ヒートスライム』『ミートソーススライム』『デミグラススライム』『ホワイトシチュースライム』『ソイソーススライム』『ジャスティススライム』『ギルティスライム』『ポーションスライム』『スタースライム』『マジックスライム』『アクセルスライム』『スロウスライム』『ハイヤードスライム』『レイクスライム』『リバースライム』『ロックスライム』『スライムスライム』『サイエンススライム』『アンバースライム』『ボンドスライム』『ヘルシースライム』『オイルスライム』『オーブスライム』『デビルスライム』『エンジェルスライム』『ネガティブスライム』『サイコスライム』『ワインスライム』『スパイシースライム』『メイプルスライム』『キルスラ

イム』『ファンシースライム』『アクティブスライム』『バーストスライム』『レインボースライム』『カクテルスライム』『エメラルドスライム』『ルビースライム』『サファイアスライム』『ダイヤスライム』………

………全て、残さずいただきます」

僕はその全部をわんこそばのように食べていく。もちろん『魔喰合《まぐわい》』を発動しながら食べていく。

元来……『魔喰合《まぐわい》』は複数に使うべきではない。

なぜなら、いろんなものが交ざりすぎた魂は、統率が取れなくなり拒絶反応を起こすからだ。そうなると、逆に弱くなってしまう。しかも、一度喰らって融合したものは、もう二度と戻れないのでなおさらだ。

しかし……

このスライムらは全て間接的とは言え、僕の使い魔。その親和性はとても高い。その上、僕は彼らスライム達の序列のトップにあるイノスを一番最初に取り込んでいる。

「げふ……　ご馳走さま」

つまりその融和性と統率性は完璧であり、なおかつ「親を守る」というスライムの生存本能が拒絶反応を完全に殺している。

「…………………………うん、よく馴染んでるな」

そしてそれは、この多種多様な属性が……

「僕の中で全てが一つになっている……」

このように、反発せずに交じり合うということである。

「くふふ、古代技術《ロストテクノロジー》の……『カオススライムのレシピ』のとおりだな」

数多《あまた》の属性が融合するという、奇跡のような属性力を身につけたということである。

「そして、これが……」

さあ、完成だ。

これが今回の終着点。

僕の目指した姿。

「これが『完全元属性《カオス・エレメント》』か……」


さぁ、準備は整った。

さて、そろそろ遊ぼうかな？

待っててね？　シルヴィアたん……

くふふ……

STATUS

御宮星屑 GOMIYA HOSHIKUZU

Lv 1280

種族 — カオススライム　上級悪魔《ベルゼバブ》

装備 — なし

HP — 7050／7050（※大量のスライム融合により基礎HP上昇）

MP — 3010／3010

力 — 7400　**対魔** — 1000

魔 — 1000　**対物** — 1000

速 — 1000　**対精** — 1100

命 — 7400　**対呪** — 1300

【契約魔】マリア（サキュバス）

【スライムコマンド】『分裂』『ジェル化』『硬化』

【称号】死線を越えし者（対精＋100）／呪いを喰らいし者（対呪＋300）／暴食の王（ベルゼバブ化　HP＋5000　MP＋3000　全ステータス＋1000）／龍殺し（裏）

【スキル】『悦覧者《アーカイブス》』『万里眼《ばんりがん》（直視）』『ストーカー（X）』『絶殺技《オメガストライク》』『火とめ焔れの一夜《ハートストライクフレイム》』『味確定《テイスティング》』『狂化祭《カーニヴァル》』『絶対不可視殺し《インビジブルブレイカー》』『常闇の衣《コートノワール》』『魔喰合《まぐわい》』『とこやみのあそび』『喰暗い《シャドークライ》』『気高き悪魔の矜持《ノブレス・オブリージュ》』『束縛無き体躯《フリーダム》』『完全元属性《カオス・エレメント》』

復讐過程　その12　自分が楽しければそれでいい

「身長は二十センチアップの百八十にして、体つきは引き締まった細マッチョ系で…」

僕は鏡を見ながら、自分のビジュアルを設定する。

僕の体は今やスライムなので、体型や身長を変えるのは造作《ぞうさ》もないことだ。

「さらに『気高き悪魔の矜持《ノブレス・オブリージュ》』を使って存在感と威圧を増して威厳を醸《かも》す」

『気高き悪魔の矜持《ノブレス・オブリージュ》』とは、上級悪魔が持つべくして持ったしなみであり、上級悪魔が上級悪魔たらんとするためのスキルである。

具体的には低級の呪いの無効化とか、悪霊や小悪魔の使役《しえき》とか、弱者に強制的に畏怖《いふ》を覚えさせるプレッシャーとか……つまりは「上級悪魔だもの、こうじゃなきゃおかしいよね？」っていう要素を全て盛り込んだ、悪魔としての存在感を高めるスキルなのである。そういう、上級悪魔たる気品を纏えるようになるスキルなのである。

「服装は『常闇の衣《コートノワール》』を応用して作った、スーツとトレンチコートで……」

うん、大分『常闇の衣《コートノワール》』の扱いには慣れてきたな。

今ではけっこうディテールに拘《こだわ》った服装でも表現できるようになった。このとおり白いワイシャツさえ着ておけば、あとはジャケットもスラックスもベルトもネクタイもトレンチコートも全て『常闇の衣《コートノワール》』で賄《まかな》える。しかも全てオーダーメイドばかりのフィット感だ。我ながらけっこう渋い感じに仕上がっていると思う。

まぁ、スキルを解除したら裸ワイシャツになってしまうのだけどね。パンツも穿《は》いてないから。

「髪は上げてワイルドな感じに流す、表情は引き締めて……　こんな感じかな？」

僕はそう言いながら、鏡に映る自分の全身を見る。そこには黒の上下で決めた、長身の目つきの悪い男がいた。

「ふむ……　どうかなマリア？」

僕は、真横で僕を見上げているマリアをみおろし、そう問いかける。

「………………………か、かっこいぃ」

すると、マリアは少し熱に浮かされたような表情でそう答えた。

「………………………マジで？」

おおう。

かっこいいとか言われたの生まれて初めてかもしれない。

「うん……、すごくかっこいい……」

頬《ほお》を赤くして、僕に見惚《みと》れながらそう言葉を続けるマリア。その視線は熱く……　本気でそう言っていることがうかがえる。

これは、もしかして本当にイケメンしているのだろうか？

僕ってば、そんなに格好良くなってしまっているのだろうか？

「その明らかにカタギじゃなさそうな服装も……　この吐き気がしそうなほどの殺気も……　コールタールみたいに真っ黒でどろどろした色の瞳も……　どこか異常性《アブノーマル》を醸し出すその表情も……　すごくステキ…………」

……………ん？

マリアさん？

それ、褒《ほ》めてますか？

「星屑、超かっこいい………」

まるでアイドルか何かを見るような視線で僕を見るマリア。その眼差《まなざ》しは、熱くキラキラしていて、超熱烈であった。

「う……　うん」

残念ながら、彼女は本気で褒めているようである。

えっと………　悪魔にとってはそういうのがかっこいいってことなんだよね？

これは、喜んでいいのだろうか？

「え……　やば…　ホントかっこいい」

恥じらい気味に、わたわたとしながら、頬を朱に染めるマリア。

うむ……

まぁ、これはこれでいいか。マリアがなんだか可愛いし。

でもあれだな……普通の女の子を相手にする時に、この姿は絶対やめよう。多分、万人《ばんにん》受けする容姿ではない。

「まぁでも、これで見た目《みめ》的には問題なさそうだな……」

とりあえず、強そうには見えるだろう。

そう……ドラゴンを倒せそうな程度には。

「星屑……　ここは？」

スーツモードの僕に手を引かれながら、マリアが僕に問いかける。

「ここは王国の暗部、社会の裏側…………　犯罪者ギルドだよ」

僕は目の前にある、巨大な廃屋《はいおく》を見上げてそう答える。

この、スラム街の奥地にそびえる巨大廃墟《はいきょ》の集合体……　そこは世に「ツギハギの哭城《ジグソー・パズル》」と呼ばれる場所。

そう……ここが王国の裏を牛耳《ぎゅうじ》る、三大犯罪者ギルドの一つ……　「ベヒモス」の本拠地である。

「さて…… 行こうか」

僕は『気高き悪魔の矜持《ノブレス・オブリージュ》』を全開にして城の中へと歩を進める。

さて…… そこのゴリマッチョがいるところが入り口かな？

「おい！ てめぇッ なんの用………ぅ…………で、ですか？」

門番が僕に声をかけようと近寄るが、僕はそれを一睨みで黙らせる。

門番はガタガタと震えながら、見てはいけないものを見るかのようにしている。

顔面は蒼白《そうはく》で、歯をがちがちと鳴らし、ぷるぷると震えるそのゴリマッチョの姿が……

非常にキモい。これが女の子ならまだしも、男とか本当にやめてほしいと思う。

「ビジネスの話だ…… 通るよ」

僕は門番をスルーして足を踏み入れるのであった。


「おい、まてッ………………… あ、なんでもないです」

「てめぇ、どこのぉ………………… あ、俺、用事あったんだ」

「おう、おう、おうッ………………… ふんふんふ～～～ん！」

「まったく、なにやって…………………な、なんか突然、腹が痛い」

僕がジグソーに足を踏み入れると、有象無象《うぞうむぞう》が絡んでくるが、僕はそれを一睨みで一蹴《いっしゅう》する。

「ふ、雑魚《ざこ》どもめ……　さて、一応ここが受付なのかな？」

そして辿りついた受付的なところで、僕は世紀末風のモヒカン男に話しかけるのだった。

ふむ……　さすが裏とは言え、大手ギルド。一応受付があるんだな。

でも……

「な、なにもんだ……　あんた」

なんで受付が男なんだよ。受付といえば、美人が務めると相場が決まっているだろう。

くそッ……!!　美人でクールな裏組織受付嬢と、ちょっとアダルトな会話を繰り広げつつ最終的には go to bed して「秘密は体に聞いてやるぜ」というエロゲ展開に持っていくのが僕の密《ひそ》かな夢だったのに……

これじゃあ台無しじゃないか!!

台無しじゃないか!!

「ひ、ひぃ!!　お、俺なんかしたか!?　そんな目で睨まないでくれよ!!」

僕がそんなことを考えていると、いつの間にかモヒカンが、僕に恐《おそ》れ慄《おのの》いていた。

しまった。がっかり感が顔に出まくっていたようだ。ちょっと不満が出過ぎたか。

「おい、お前……」

「は……　はいっ!!」

まぁいい、めんどくさいからこのまま話を進めよう。

それに、僕は取り引きをしに来ているのだから、相手をビビらせる分には問題ないのだ。

「これを買い取れ……　とりあえず鑑定してこい」

「っえ!?　ここは、そんな買い取りをするとこじゃ……」

「あ?」

「あっ、すみません……　少々お待ちください！」

そして僕は、有無を言わさず交渉を始めるのだった。


「…………………ふむ」

受付を強制的に済ませた後、待機する僕を沢山のごろつき達が睨みつけてくるが、奴らは睨みつけるだけで直接的なことは何もしてこない。どうやら僕に、完全にビビっているようだ。

全員が全員、僕を恐れて必要以上に近づこうとはしないのだ。

ああ……

なんかこの感じいいなぁ。

周り全てが僕に怯えてるこの感じ……　たまらない。超興奮するんですけど。

「ほ……　星屑……」

「ん？　どうしたの？」

僕がそんなことを考えていると、マリアが不意に僕に声をかけてくる。

「お、大きくなってるんだけど……」

そして、少し顔を赤くしながら僕を睨み、そう言うのだった。

……………しまった。視線にちょっと興奮してしまったようだ。

「マリアおいで」

「…………………うん？」

僕はマリアを、カモフラージュ代わりに正面に抱える。

彼女に僕のハイドドラゴンを押し付けて『常闇の衣《コートノワール》』する。

「ちょっと……　背中に押しつけないでよ」

そんな僕をマリアは睨むが、視線とは裏腹に、その態度は満更でもなさそうである。

よかった……

嫌そうにされたら、もっと興奮してしまうところだった。

「お、おい……　いいか？」

僕がマリアとそんなやり取りをしていると、ビビりまくったモヒカンが声をかけてくる。

どうやら、僕が渡した物の鑑定が終わったようだ。

「あんたが渡した『物』について、ボスから話があるそうだ……　付いてきてもらえるか？」

モヒカンはガクブルと震えながら僕にそう言う。ふむ……　どうやら、いい感じに食いついてきてくれたようだな。

「いいだろう……　案内しろ」

「わ、わかった」

そう……　僕が受付に提示した『ハイドドラゴンの牙』という素材に、こいつらのボスが食いついたようだ。


この『ハイドドラゴンの牙』はこの大陸で……　いや人間世界で手に入りうる最高の素材アイテムである。

何せハイドドラゴンは、人間には到達できない魔界に生息する生物なのだから。つまり、基本的には人間世界には一切出回らないアイテムであり、つまりは超絶貴重品なのだ。

しかもその貴重性に加え、このハイドドラゴンの牙は素材としても非常に優秀である。

何せ、人間界には存在しない１０００レベル超えの素材だ。加工にさえ成功すれば、必然的に伝説級のアイテムが作れるという、超素材なのだ。現に、この国の国宝の一つである『幻影ノ剣』もハイドドラゴンの牙から作られた物らしい。

　つまり……

　このハイドドラゴンの牙は、計り知れないほどの金銭的価値を持つということである。

　そして、それだけの価値を持つアイテムを持ってきた人間が現れたとなれば……

「こっちだ……　ギルドマスターの部屋に案内する」

　このように組織のボスが直接面会したがるのは、至極当然ということなのだ。


「この部屋だ……」

　モヒカンの案内で、僕はジグソーの最深部にある一室へと足を運んだ。

　他とは全く異なる高級で重量感ある扉を開けて僕はその部屋へと入る。

　そこには無駄にでかい革の椅子に座って踏ん反《ぞ》りかえる、強面《こわもて》の男がいた。

「貴様がハイドドラゴンの牙を持ってきたという男か……　意外と細身だな？　まさか貴様が倒したわけではあるまい？　これをどうやって手に入れた？　全て正直に話せ」

　その男はやたらと偉そうな態度で、命令口調でそう言う。

　僕はその男を冷めた目で見つめて……　その問いかけをひとまずスルーする。

「…………………何だ？　貴様はしゃべることもできないのか？　説明する頭もないのか？　何をしに来たのだ貴様は？　この程度で言葉につまるとは使えない……　何か答えろ」

僕を見下したまま、そう言葉を続ける男。完全に僕を格下に見ている。

だが……

まぁ、それはそうなるだろう。

相手が見下してくるように仕向けたのだから、そうなるだろう。

まず僕は、部屋に入ったと同時に『気高き悪魔の矜持《ノブレス・オブリージュ》』を解除している。加えて『束縛無き体躯《フリーダム》』を解除して本来の姿に戻り、さらに『常闇の衣《コートノワール》』で高レベル者の持つ威圧的な雰囲気を誤魔化している。

それにより今現在この男には、僕が相当弱そうに見えているはずだ。それこそ「ハイドドラゴンを討伐《とうばつ》した人間」には、間違っても見えない程度には……

仮にもギルマスを名乗るレベルの男だ……　恐らく眼力には自信があるのだろう。

沢山の人間を見てきた経験を元に、僕に対して「実力ではない、何らかの方法でハイドドラゴンを倒した者」と判断したのだろう。

くふふ……

だが、お前の目は節穴《ふしあな》だ。

「影武者が舐めた口をきかないでくれますか……？　あと、僕に読心《どくしん》のスキルは無駄ですよ？」

僕は……　ニタリと笑ってそう言う。

「っ…………！」

その瞬間、男が眉《まゆ》を一瞬しかめた。

ふん……　どうやら当たりみたいだな。

まぁ、裏のギルマスだったら影武者の一人や二人は持ってるだろうし、ドラゴンを倒したかもしれないような男と二人っきりで会うはずなんてないと思ってたけどね……読心も含めて読みどおりか。

「…………ほぉ、思ったよりやるようだな」

すると、男は冷静な様子でさらに踏ん反りかえる。どうやら、偉そうな態度は崩さない方向で行くらしいな。

まぁ、多分向こう側の考察としては「ハイドドラゴンを正攻法で倒せる人間なんていない」、故に「何らかの討伐方法を編み出した」と考えているのだろう。加えて、「犯罪者ギルドに話を持ってきた」時点で、その「何らかの討伐方法」が表《おもて》だっては使えない手段であり、金にするには「犯罪者ギルドに頼らざるをえない状況」であると推測したのだろう。

そして、その「頼らざるをえない」優位性を活用して「何らかの討伐法」を聞きだし、そしてその方法を「ギルドで独占できれば」と考えていることだろう。

だからこそ、先だって僕を制圧し、後手に回らない交渉をしようとしているのだ。

まぁ、威力偵察の意味合いもあるのだろうが……

でなければ交渉の場で、ここまで高圧的な態度をとれるはずもない。

だけど……

それはとても浅はかだね。想像力が足りないよ。

僕がここを選んだのはそうするのが一番手間がなくて、手っ取り早いから……　それだけだ。

「くふふ……」

「…………貴様、何を笑っている」

本当に想像力が足りない。

確かにハイドドラゴンを狩れるような人間は存在しない。

しないが……それはあくまで人間は……　って話だろう？

生憎《あいにく》僕は違うんだよ、「べヒモス」。僕は素晴らしき人外《じんがい》なのだから。

そして……　君達は一つミスを犯した。

優位に立ちたかっただけなのだろうけど、どうやらそれは悪手《あくしゅ》だったようだね。

君達は……

「ヘラヘラ笑っていないで、今すぐハイドドラゴンを捕らえる方法を明かせ、さもなくば、このまま、貴様を拷問にかけることだって……」

僕側がぶち切れる、正当な理由を与えてしまったってことだ。

「うるせぇ……」

僕はその瞬間『気高き悪魔の矜持《ノブレス・オブリージュ》』を発動し、そして『束縛無き体躯《フリーダム》』を起動する。強そうな方の僕の姿に、コンバートする。

「なッ!?」

そのまま、僕は床を掴む。力任せに指を床にめり込ませ、それを「投擲物」として意識する。

そしてそれを……

「なに舐めた態度とってんだよ……　死ぬか？」

そのまま地面ごと、ぶん投げる。地面をぶっ壊し、粉塵《ふんじん》にして吹き飛ばす。

僕の「命中補正」を全開にし、「ギルマスの影武者」以外の全てを命中対象にして……

7400の怪力をもって、ぶっ放したのだった。

「へ…………？」

轟音《ごうおん》を響かせて、崩れ去る周囲。

ギルマスの影武者が座る椅子だけを綺麗に残し……　抉《えぐ》り取られたように吹き飛ばされた周囲。ギルマスの影武者は、そんな辺りを見まわし呆然としている。

くふふ……　無様な顔だな。

まぁ、こんな芸当は、そんじょそこらの〔命〕パラメータじゃできないからな。

5000超えの神がかった〔命〕ステータスじゃないと、「命中対象を緻密《ちみつ》に指定」して「命中範囲を正確に絞る」なんて芸当はできないのだから。

「これでわかっただろう…………？」

「へ…………？」

僕は『気高き悪魔の矜持《ノブレス・オブリージュ》』全開の……　マリア曰《いわ》く「コールタールの瞳」と「異常者じみた表情」で男を見下す。

先ほどまで僕を見下してした男を、虫を見るようにして見下す。

「僕がドラゴンを狩った、この力で殺した……　わかりますか？」

「ひ………　ひぎぃ!?」

僕は、男の頭部を「潰しちゃおっかなぁ～」と呟きながら、鷲掴《わしづか》みにする。ぎりぎりと、強めに掴んで、話を続ける。

「これは交渉じゃなくて、僕の、貴方達《あなた》による、僕のための、高価買取サービスなんですよ……　わかりました？」

掴んだ頭を強制的に下げさせ、男を物理的にも精神的にも屈服させる。

「さぁ……　いくらで買わせてやろうか」

僕は、男に微笑み、優しくそう言ってあげるのだった。


「で、では……　神金貨三枚で宜《よろ》しいでしょうか？」

「まぁそちらの手持ちがないのなら仕方がない、残りは後日でいいですよ」

その後の交渉は、非常に上手くいった。何せ、僕が頭部を掴みながらニコニコしているだけで交渉がとんとん拍子に進んでいったのだから。

ふふ……　しかし、今回の交渉で、僕は一気に大金持ちだな。

「そうだ……　もう一つ牙をおまけでつけますから、ベヒモスさんに頼まれてほしいことがあるんです」

僕はニコニコと威圧しながら、言葉を続ける。

「な……　なんでしょうか？」

そんな僕に萎縮《いしゅく》をしまくりながら、返答をするギルマスの代理人。

「あなたのギルドは奴隷商の最大手でしょう？　そのコネクションで、この奴隷市への参加を取りつけてほしいんです」

そして僕は、あるメモ用紙を男に渡す。

男は僕に頭部を掴まれながら紙を受け取り、そして、驚いた顔をする。

「こ……　これは王国管理下の」「やれよ、できるだろ」

僕は、男の言葉にかぶせるようにしてそう言う。

こっちは『悦覧者《アーカイブス》』で裏帳簿を見ているから知ってるんだ。

この裏ギルド「ベヒモス」は、こと奴隷商に関しては、王国の管理下のものであっても干渉できるだけの力を持っている。

まぁ、それをするのは、奴らにとってもめんどくさい作業ではあるのだろうけどね。

「あなた達は正式な参加証を発行してくれるだけでいいです……　できますよね？」

僕は、再度男にニコリと微笑む。笑顔とともに、少しだけ握力を強めて、そう言うのだった。

すると男は……

「……………………やらせていただきます」

快《こころよ》く、そう言ってくれたのだった。

よし……　これで概《おおむ》ね準備は終了だね。

くふふ……

「くふふふ……　ぐふ…　じゅる」

ぬふふ。

さぁ、やってまいりました。待ちに待った奴隷市開始五分前です。

あああああ……やべぇ…　超楽しみだ。楽しみすぎる。

もうすぐ……　もうすぐシルヴィアたんを僕の物にできる。

ああ……　早く、シルヴィアたんに僕のガイアメモリをサイクロンジョーカーエクストリームしたい！

「うふふふ……　ぁぁ……　早く始まらないかな」

ああ、早く鳳崎来ないかなぁ。

あいつが来たら、僕は会場に姿を現すんだ。

この、「勇者しか参加しない」仕組まれた競売に、偶然を装って参加するんだ。

繰り返すが、火災関係の奴隷市は基本的に「少しでも損失分の補填をするため」に「競売価格の高騰」を目的として完全自由競売となっている。参加できる資産家の人数を少しでも増やすために、貴賤《きせん》を問わず参加できる競売なのだ。

故にこの競売は、場所と時間さえ間違えなければ誰でも参加の権利を持ち……　当然、僕にも参加をする権利があるのだ。ましてや「ベヒモス」に作ってもらった、正式な『競売参加証』を持つ僕は、その参加権を完全に保証されており、それを妨げることは王族にも難しい。

だが……

鳳崎の参加する競売は入り口に『王国紋《もん》』が飾ってあるため、普通の「王族に睨まれたくない」人間は、参加証を持ってても積極的な参加はしない。それが、暗黙の了解となっているからだ。

だけど……

だけど僕にはそんなのは関係ない。今の僕は王国に睨まれたところでそれほど困らない。姿形が変えられるから、手配されても簡単に誤魔化せるし……　それに王国の戦力は、最早それほど脅威じゃない。

ないとは思うが……　もし軍全てを相手にしても、やばくなったら逃げ切れるくらいの力はある。つまり、今の僕は堂々と、鳳崎をおちょくれるだけの力があるのだ。

つまり「時間と場所が非公開の王族紋が掲げられた競売所」という、明らかに「誰も参加するな」と言わんばかりな競売であっても……僕は真正面から参加できるのだ。

ああ……

だから、早く遊びたいなぁ。

鳳崎と、シルヴィアたんで……　くふふ。

「……………………………………………お？」

き、来た……

つ　い　に　来た！

「いやぁ、今日もよくおいでくださいました、勇者さまぁ！」

少し狭めの競売場の中に、入ってくる三人の男。

「ご要望の奴隷をしっかりと用意させていただきましたよ」

一人は、ぶくぶくと太った気持ちの悪いピザ野郎。揉み手をして、二人の男を案内している……恐らくは奴隷商だろう。

「おいおいフグイス殿……俺は今日たまたまここを訪れただけだぞ？　用意だなんてわけのわからないことを言うな」

その奴隷商に、ニヤニヤと笑いながら答えるのは相変わらずのクソ笑顔……我らが鳳崎君だ。

「そうだよ、僕らは偶然、たまたま、運よく、安くて可愛い奴隷を買うんだから……誤解を生むようなことを言わないでくれよ」

そしてもう一人は、鳳崎の金魚の糞《ふん》……木島《きじま》だ。

ふむ……今日は南城《なんじょう》と九《ここのつ》さんは置いてきたのか。まぁ、女を買いに行くのに女は連れてけないか……

「いやぁ、失礼しました！　そうでしたな！　お二人は『私がうっかり告知を忘れた奴隷競売』に『先ほどたまたま』来られたのでしたなぁ！」

奴隷商が笑いながらそう言って自分の額をペチンと叩く。それに二人は「しっかりしてくれよ？」とか「頼むぜ？」なんて言いながら下卑た笑いを返す。

うむ……　実にくだらない茶番だ。さっさと話を進めてくれないだろうか？

正直、鳳崎のあのクズみたいな微笑は見るに耐えない。

これ以上見てたら……

ぁぁ…………………………………………………………………………………………

ころしたくなっちゃうじゃないか。

「さて……　では早速商品のほうをお出しいたしますね？」

お……？

良かった、すぐ始まるみたいだ。危うく『火とめ焔れの一夜《ハートストライクフレイム》』が炸裂するところだったぜ。

「おい！　持って来い!!」

奴隷商がそう言って手を叩く。すると、奥の方から鉄の檻《おり》が載った台車が運ばれてくる。

そして、その鉄の檻の中には……

「ああ……　シルヴィアたん」

泣きはらした赤い瞳、ぐったりとうなだれた背中、憔悴《しょうすい》しきった表情の……

見るも無残な……

「くぅぅ……　いい顔してるぜぇ」

可愛い、可愛い、シルヴィアたんの姿があった。


「鳳崎くん……　この娘かい！」

そんなシルヴィアたんを見て木島が嬉しそうに微笑む。

「ああ、どうだ？　お前好みなんじゃないか？」

そんな木島の背中をぽんと叩いて、鳳崎がニヤリと笑う。

「ああ!!　最高だよ!!　すごい好みだぁ!!」

…………………………木島。

お前はロリコンだったのか。

うわぁ……

ロリコンとか……　マジ引くわぁ。

ないな、ない。

ロリコンとかマジない。

キモいな、死んだほうがいい。この世から消えたほうがいいよ。

そんな、幼女をどうにかしようだなんて……　最低だな、うん。

本当にもう、人間の風上にも置けない。人間のクズだな、うん。

まぁ……僕はすでに人間じゃないから関係ないよね……？　うん、うん。

それに僕はロリコンじゃなくて、由緒正しきペド野郎だから、そこんとこ宜しく。

「そうか、ならいつもどおり俺が遊びまくった後にくれてやるよ」

僕がそんなことを考えていると、鳳崎が木島にそう語りかけているのが聞こえた。

いつも……　か。

僕の調べでは、鳳崎は過去六人の奴隷を購入していて、うち二名を木島にあげている。

シルヴィアたんも……　そうするつもりなんだろう？

「ありがとう鳳崎くん！　でも、今回は壊さないでくれよ？」

「わかってるよ」

ちなみに、残りの四名は全て……　鳳崎が壊してしまっているのだ。

「さぁ……　シルヴィアだっけか？」

鳳崎は檻に近づき、うつむいているシルヴィアたんの顎《あご》に手をかけて上を向かせる。

「っ………！」

鳳崎を見上げて、そしてくっと小さく歯を食いしばって睨みつけるシルヴィアたん。

だが……

「くく……　一晩で随分しおらしくなったじゃねぇか」

その瞳には……　悔しさよりも遥かに大きい、諦めの色が浮かんでいた。

「くそぉ…………………」

シルヴィアたんは檻の中で、小さく震えながら……　瞳に涙を溜《た》める。必死に涙をこらえながら……　その理不尽な状況に耐えていた。

恐らく……　この一晩でシルヴィアたんは絶望してしまったのだろう。

理不尽に曝《さら》されて、理不尽に拘束されて、理不尽に人生を決定されて、理不尽に弄ばれる。

何一つ、救いのないこの人生に……　絶望してしまったのだろう。

でも……

「ゆ………　ゆるさないから……　絶対にゆるさないから……」

絶望してもなお……　尊厳は捨てていない。

絶望はしても……　屈してはいない。

ああ……　シルヴィアたん。やっぱり君はいい女だなぁ。

強い者に逆らおうとするその姿。勝てないとわかってもなお抵抗するその姿………

美しいよ。

すごく美しい。

「許さないか……」

鳳崎は、そんなシルヴィアたんを見つめて。

「いいねぇ……」

にやり……と笑ったのだった。

「ひぃ……っ」

その鳳崎を見て、表情を引きつらせるシルヴィアたん。

「フグイス殿……金貨一枚（十万相当）だ」

シルヴィアたんを見つめながらそう言う鳳崎。

「え？」

奴隷商はそれを聞き返す。

「いつもどおりの最低落札価格だよ……さぁ、他に落札者はいるのかな？フグイス殿」

鳳崎は……下卑た笑いを浮かべたままそう言うのだった。

「く………ぅ…」

シルヴィアたんはそれに……悲しげな声で鳴き。

「ああ、そうですねぇ……どうやら他にお客様はおられないようですし」

奴隷商はニヤリと微笑む。

「それでは鳳崎様に……」

　そして奴隷商は微笑を浮かべたまま、その続きを言おうとする。

　しかし、しかしその時、僕は当然のごとく現れる。シルヴィアたんの主である僕は、さも当然のごとく……

「待て、豚……」

　ゆらりとその場に現れた。奴らの背後から現れたのだ。

　そして……

「金剛貨一枚（百万相当）だ……　僕もその娘が欲しい」

　スーツモードの僕は、奴隷商の額に金剛貨を押しつけたのであった。


「え!?」

　突然闇から現れた僕に、驚く奴隷商。

「あ？」

　そして無理やり競売に入り込んできた僕に、露骨な怒りの表情を浮かべる鳳崎。

「は？」

　事態が飲み込めてない木島。

「ちなみにこれは僕の証明書……　一番格式高い『高級競売参加資格証』だ、問題はないだろ？」

奴隷商の顔面に書状を押しつけ、そう言う僕。

「おい……」

そんな僕に……

「おい……　おい！」

ピーチクとさえずる鳳崎。

「おい!!　お前だよ黒スーツ!!　無視してんじゃねぇよ!!」

僕はそんな鳳崎をなお、スルーする。僕と知らずに叫び散らす鳳崎君を、無視する。

ふふ……　ほぼ素顔なのに僕だってわかってないね？　鳳崎君。

まぁ、身長も違うし、雰囲気も違うし……　なにより普段の僕は前髪下ろしてるから無理もないけどね。

一応、対策はしておいたけど……　無駄になったなぁ。鳳崎君は僕の顔なんて眼中になかったみたいだ。くふふ……　いい度胸をしている。

「何ですか？　騒がしい」

ともあれ、僕は小うるさい鳳崎に向き直る。

「おい！　おいっ!!　テメェ舐めてんのかよ！　俺が呼んだら誰であろうがすぐ反応すんのが常識だろうがよぉ!!」

よくわからない理論を展開し……　よくわからないテンションで騒ぐ鳳崎。

「ああ……　それはすみませんでしたね、以後気をつけます」

僕はそんな鳳崎を見て、やれやれのポーズをしながらそう呟く。

「がっ……！」

それにぶち切れる鳳崎。

いくら「一般人を傷つけない」という契約があったとしても……ここで一気に飛び掛からないところが鳳崎君の、ある意味小物なとこだよね。

「てめぇ……　俺が誰だかわかってんのか？」

こめかみをぴくぴくさせながら、僕を凄い形相《ぎょうそう》で睨む鳳崎。

僕はそれに…………

「勇者（笑）でしょう？　存じ上げております」

半笑いでそう答えたのであった。


「てぇっめぇ！！！」

僕の「勇者（笑）」発言に怒り、目を見開いて怒鳴り、迫ってくる鳳崎君（笑）。

「ちょ……！　鳳崎君、ここで暴れるのはまずいよ！」

そして、そんな鳳崎の肩に触れて、それを止める木島。

「ちっ……！　くそっ！」

そんな木島の抑止に応じ、あっさり止まる鳳崎（ヘタレ）。

まぁ、王国公認のこの奴隷市は王国指定戦闘禁止区域だからな。王族の保護下にいる鳳崎としては、それを破ることはできないってとこだろう。

ふん……　つまらんなぁ。

「おい！　フグイス!!」

「は、はいッ!?」

怒りの形相で奴隷商へと向き直る鳳崎。

「金剛貨一枚と金貨一枚だっ!!」

奴は、怒鳴るようにしてシルヴィアたんの値を吊り上げる。

「おい……　てめぇ………　この真っ黒野郎」

そして今度は僕の方を睨みつける。

「てめぇみてぇにふざけた態度の奴は初めてだよ……　ほんとムカつくぜぇ」

歯をぎりりと食いしばり、目を見開いて僕を睨む鳳崎。

「俺はお前みてぇなその他大勢のクズが、ふざけた態度を取っていい人間じゃねぇんだよぉ!!」

そして……

「てめぇとは格が違うってことを……　教えてやるぜ！」

とても勇者とは思えないような、凶悪な表情を浮かべるのだった。

しかし、それに僕は……

「はいはい、頑張ってね、じゃあ僕は金剛貨一枚と金貨五枚で」

僕はそんな鳳崎を、あえてスルーしておちょくる。

「てぇ……　めぇっ!!」

鳳崎はそんな僕の態度に、面白いほどに激昂《げきこう》する。

くふふ……　あの勇者さんの顔、マジでウケる。まじ「(笑)」なんですけど。

「おい!!　俺は金剛一の金六だ!!」

「じゃあ僕はさらに金七で」

そして、再び競売が開始される。鳳崎が僕を睨み、それを僕が鼻で笑う。

ぴりぴりと、ぎすぎすとした空気が張り詰める会場。そんな最悪な空気の中で競売は継続されていくのであった。

くふふ……　超楽しいなぁ。

ちなみに……

今回行われている競売のルールは実に簡単だ。開始してから十分間競売が継続され、十分の終了時に一番高い値をつけていた者が競り落とせるのだ。

そして……

「残り一分です！」

開始からなんやかんやで九分が経《た》ち、奴隷商がそう宣告する。

「金剛五の光銀六だ……（五百六万相当）」

僕は少し焦りながらそう言う。額から汗を流して（スライム汁だけど）そう言う。

「おやぁ？　随分と余裕がなさそうじゃないか？　あぁ？　どうしたんだよ？　さっきまでの威勢はよぉ？」

そんな僕をにやにやと嬉しそうに、そして楽しそうに見下してくる鳳崎。

「あはははは!!　いい顔だなおい!!　金剛六だ!!」

馬鹿みたいに笑いながら、奴は値を吊り上げていく。

「ぐぅ……」

僕はそんな鳳崎を見ながら、息を詰まらせ悔しげな表情を浮かべる。

「ふはははははぁぁはっ!!　本当に良い顔だなぁぁ!!　最高に無様な顔だよお前ぇ!!」

げらげらと気持ち悪く笑う鳳崎。

「金剛貨三枚までは余裕そうだったよなぁ……　それで俺がいきなり五枚まで上げた途端に焦りやがって!!」

僕を見て笑うその姿は、本当に楽しそうで……　本当に気持ち悪い。

「どうせ金剛貨六枚くらいしか持ってねぇんだろ？　この貧乏人がぁ!!」

そして鳳崎は、焦る顔の僕を指差しニヤリと笑う。

「俺は勇者、強いんだよ！　だから金だって持ってる！　この前ガヴィードメタルオーガを倒したからなぁ!!　わかるか？　あのガヴィードメタルオーガだぞ!!」

奴は……　勝ち誇った顔でそう言う。

「ぐぅ……　く、くそぉ……　こ、金剛六枚と金一だ！」

僕はそんな鳳崎を睨みながら、搾り出すようにそう言う。

「あと十秒です!!」

そしてそのタイミングでかかる、奴隷商のカウントダウン。

「くははははっはぁ!!　無様無様無様ぁ!!　マジでお前かっこ悪いよ！　死んだほうがいい!!

このクズが！　ゴミが！　虫がぁぁ!!」

口元にいやらしい弧を描き、そして僕を指差して笑う鳳崎。

そして……

「ほらぁ!!　さっさとどっかで死んでこい!!　白金貨一枚だぁぁ！！！（一千万相当）」

最高に嬉しそうにして、白金貨を地面に叩きつける鳳崎。

「そ、そんな……」

その金額を見て呆然とする僕。

そんな僕を見て、鳳崎は「にやぁ……」と気持ち悪く薄ら微笑むのであった。

そして僕は……

「じゃあ……」

静かに……

「神金貨一枚で（一億相当）」

ニヤァと笑ってそう言ったのだった。


「………は？」

ポカンと呆ける鳳崎。

「へ？」

それと同じようにして間抜けな声を出す木島。

「…………………おい、奴隷商、カウントダウンはどうした」

そんな二人を温かい目で見守りながら、奴隷商にそう言う僕。

そして……

「え…………………………　えっと……　それでは競売を締め切ります」

そこで奴隷商の声が、静かに響いたのだった。


「………………………………ぁ？」


しんと静まり返った競売場に、間の抜けた鳳崎の声が響く。

「神金貨？　は………ぇ？　何言ってんだよお前……　ば、馬鹿言ってんじゃねぇよ」

わなわなとしながら、面白い顔をしてそう言う鳳崎。

「ほら、神金貨だ……　『硬貨鑑定』は当然使えるんだろ？　奴隷商」

そんな鳳崎を横目に、僕は奴隷商に神金貨を投げて渡す。

「あっ……！　は、はい……　ええと……　ぉ……　ほ、本物です」

奴隷商はそれを慌てて受け取り、鑑定をする。

「た、確かに受け取りました……　お、お買い上げありがとうございます」

そして奴隷商は、気まずそうにしてそう言うのだった。

「ぁ………　な……っ!?」

そして、その思いがけない結末に、絶句する鳳崎。

僕はそんな鳳崎を見つめて……ニヤニヤといやらしく笑う。

「おやぁ？　随分と余裕がなさそうじゃないですか？　どうしたんですか？　さっきまでの威勢は？」

僕は鳳崎を見下しながら嗤う。

「くふふふ……　いい顔ですねぇ！」

そして先ほどまでの鳳崎の台詞《せりふ》をなぞるようにして……

「あはははははっ!!　本当に良い顔ですねぇ！　最高に無様な顔ですよ勇者（爆笑）さん!!」

思い切り奴を嘲《あざけ》り、馬鹿にする。

「ぐぉ…ッ！　お…まぇ!!」

歯を剥き出し、拳を握りしめ、喉をうならせ、ぶるぶると震える鳳崎。

「白金貨出して余裕そうな顔してましたねぇ……　あの顔は、マジで大爆笑ですよ！」

ああぁぁ、やべぇ……

「それで僕が神金貨出した時の顔！　もぅ……　超傑作！」

超楽しい、鳳崎をなぶるの……

「どうせ白金貨一枚くらいしか持ってないんでしょう？　この、貧、乏、人」

楽しすぎる、楽しすぎるぞ……　ふぅ～ッ!!

「いやぁ、さすがガヴィードメタルオーガを倒した勇者さんですねぇ……　マジで半端ないです（笑）」

くすくすと嗤いながら、僕はこれでもかというほどに鳳崎をこき下ろす。

「半端のない無様っぷりですよ、もう無様すぎて目も当てられないですね……　最早無様すぎて勇者（笑えないw）ですね」

とても楽しく、そしてとても笑顔で元気良く……

「何て言うかもう……　死んだほうがいいんじゃないですか？」

僕は鳳崎を全力で馬鹿にしたのだった。


「こ………っ」

真っ赤な顔で、怒りに震える鳳崎。その表情は正に鬼の形相といったところだ。

鳳崎は、僕を睨みつけ……

「殺すッッ!!」

怒声をもってそう言い放つのだった。

「てめぇは絶対殺すすすすすぅぅぅッッ！！！」

鳳崎は喉を壊さんばかりに叫び、完全に頭に血を昇らせ、臨戦態勢に入る。目を血走らせ、殺気を放ち、魔力を開放する。

「ちょ！　鳳崎君！　や、やばいよ!!」

木島はそんな鳳崎を、一応止めようとはするが……

「うるせぇぇぇ!!　コイツはぜってぇぇぇ殺すぅ！！！！」

そんなのでは全く止まりそうにない鳳崎である。


「『五重結界《フィフスケージ》』強化展開ッ!!」

鳳崎を覆う五重の結界がその厚さを増す。

「『四精融合《クワトロオリジン》』発動!!」

土、風、水、火の四大元素属性を同時に自身に付与する。

「『三連駆動《トリプルアクセル》』、詠唱、詠唱、斬撃!!」

一ターンで三回行動できる、特殊時空間魔法。

「『二大剛剣《デュアルブレード》』フレイムタン！　アイスコフィン！」

物理攻撃と魔法攻撃の性質を併《あわ》せ持つ魔法剣を、二つ同時に召喚する。

「『一拍詠唱《ワンフレーズビート》』!!　『イグニスフレア』、『ボルダートサンダー』ッ!!」

どんな大魔法だって魔法名を言うだけで発動する、詠唱破棄スキル。

「はぁ……　これだからチートって奴は」

　この五つのスキルこそが勇者の固有スキル……　通称「カゾエ之《の》神技」だ。鳳崎はその力を惜しみなく使いながら僕へと向かう。

　強力な結界で防御しながら、自身の攻撃に四大元素を付与して、『イグニスフレア』『ボルダートサンダー』という中級魔法で先行攻撃をしながら、二刀流の魔法剣による強攻撃を仕掛けてきている。しかも詠唱はなしだ。

　いやぁ……　これで２００レベルくらいだってんだから、実にふざけている。普通に３００レベル分くらいは強さがカサ増しされてるだろう。

　まぁ……

「それでも、１２００レベルの僕にとっては雑魚だけどね……」

　僕はそう言ってニヤリと笑い、そしてまずは先に飛んできた魔法を見やる。

「ふふ……　『絶対不可視殺し《インビジブルブレイカー》』は魔法の実体だって捉える」

　僕は飛来する、『イグニスフレア』『ボルダートサンダー』を命中対象として捕捉する。

「つまり…　７０００超えの〔命中〕は魔法にだって攻撃を〔命中〕させるのさ」

　そして、それを拳で地面に叩き落とす。

「な!?」

　その光景に驚愕する鳳崎。

　予想外の事態に、危機感を覚え、尻込みをする。

だが、時すでに遅し。僕に向かって踏み出てしまった、その勢いはもう止められない。

「そして、７０００超えの〔力〕は……　純粋すぎる物理攻撃は」

僕は『束縛無き体躯《フリーダム》』によるスライム化で拳を硬化、ついでに質量も割増しにする。

「最早……　強力な魔法に等しい」

僕は左手で鳳崎の結界を軽く砕き、そして……

「くふふ、出直してこいよ……」

向かってくる鳳崎に、カウンターで……

「このクソ勇者が」

拳を合わせたのだった。

「ぐぎゃあああああああああ！！！」

僕の拳が当たった鳳崎の肩が、「ぐしゃぁ」と音を立てて腕ごと吹っ飛ぶ。

まぁ、今の僕の力をまともに受けたら、そりゃあ手足の一本くらいは吹っ飛ぶよね。

「ぎゃあああああ!!　うぁああ!!　あああ!!　うでがぁ!!　うぁあああ！！　俺のうでがあああ!!」

周囲に血を撒《ま》き散《ち》らし、泣き叫び、絶叫する鳳崎。

「うるさいよ、勇者君」

僕はそんな鳳崎をみおろしながら、彼の腕を拾い、そして近づく。

「ひゃあああああ!!　うでがあああああ!!　うでがああああああ!!」

僕はそんな鳳崎のちぎれた部分に、スライムを流し込み、そしてくっつける。千切れた箇所を補填し、奴の血液の損失分をスライムで補う。

「ぎゃああああああああ………あ？」

一瞬でくっついた腕に、キョトンとする鳳崎。

「応急処置だ、あとはちゃんとお家《うち》で診《み》てもらうんだな」

僕は、鳳崎にそう言うとすぐに鳳崎から目を逸らす。

「あ………？」

鳳崎は、そんな僕を情けない顔で見上げていた。

まぁ……

あんまり攻めすぎて心が折れちゃったら困るしな。

鳳崎には、もっともっと酷《ひど》い目に遭ってもらわないとね……　くふふ。

「ぁ………………ま、待てっ!!」

鳳崎はシルヴィアたんのところへと行こうとする僕を呼び止める。

「お………　お前ぇ!!　お前のことは絶対に忘れないからな!!　絶対に仕返ししてやる!!　絶対にだ!!」

そして、僕の後ろ姿に怒鳴り、泣き叫ぶ。

どうやら……

為《な》す術もなくやられ、あまつさえ情けをかけられたのが、相当に悔しかったらしい。

超、ぶっさいくな顔をしている。最高に素敵だ。

「おまえぇ!!　名前は何だ!!　名乗れよぉぉ!!」

叫ぶ鳳崎、しかし僕はそれを、あえて無視する。

「くそぉ!!　『広域検索《サテライト》』ォ!!」

鳳崎は『広域検索《サテライト》』で僕の素性を知ろうとする、しかし……

「な………　なんで!?」

僕は『常闇の衣《コートノワール》』を纏っているので、検索はできない。

鳳崎の『広域検索《サテライト》』は広さはあっても深さはない。僕の『常闇の衣《コートノワール》』を破れるほどの検索深度はないのだ。

まぁ僕のほうは今後、今さっき流し込んだスライム経由で鳳崎のステータスをリアルタイムで監視できるようになったけどね。

「くそ……　くそおおおおおおおおお!!」

僕は、そんな鳳崎の叫び声を背後に聞きながら……

「さ、行こうか……」

「えぅ…………」

この一連の流れを見ながらポカンとしていたシルヴィアたんを檻から出す。

そう……　さながら姫を救い出す、白馬の王子のように、彼女を連れ出す。

「さ……　行こうか？」

「あぅ………」

僕は怯えた表情のシルヴィアたんを抱きかかえ、静かに会場を後にする。

「あぅぅ…………　シルヴィア、どうなっちゃうの？」

さながら……　生贄《いけにえ》をさらう悪魔のように、彼女を連れ出すのだった。

くふふ……　ようやくシルヴィアたんをゲットできたよ。

ああ、今夜が楽しみだなぁ。

STATUS

御宮星屑 GOMIYA HOSHIKUZU

Lv 1280

種族 — カオススライム　上級悪魔《ベルゼバブ》

装備 — なし

ＨＰ — 7050 / 7050

ＭＰ — 3010 / 3010

力 — 7400	**対魔** — 1000
魔 — 1000	**対物** — 1000
速 — 1000	**対精** — 1100
命 — 7400	**対呪** — 1300

【契約魔】 マリア（サキュバス）

【契約奴隷】 シルヴィア

【スライムコマンド】『分裂』『ジェル化』『硬化』『形状変化』『巨大化』『組織結合』『凝固』

【称号】 死線を越えし者（対精＋100）／呪いを喰らいし者（対呪＋300）／暴食の王（ベルゼバブ化　HP＋5000　MP＋3000　全ステータス＋1000）／龍殺し（裏）

【スキル】『悦覧者《アーカイブス》』『万里眼《ばんりがん》（直視）』『ストーカー（X）』『絶殺技《オメガストライク》』『火とめ焔れの一夜《ハートストライクフレイム》』『味確定《テイスティング》』『狂化祭《カーニヴァル》』『絶対不可視殺し《インビジブルブレイカー》』『常闇の衣《コートノワール》』『魔喰合《まぐわい》』『とこやみのあそび』『喰暗い《シャドークライ》』『気高き悪魔の矜持《ノブレス・オブリージュ》』『束縛無き体躯《フリーダム》』『完全元属性《カオス・エレメント》』

復讐過程　その13　愛と欲望しかないエピローグ

「あ……　あの…」

お姫様抱っこをされたシルヴィアたんが、僕を見上げる。

「なに?」

僕はそんなシルヴィアたんの顔を覗き込むようにしてそう答える。

「あ、あなた………　誰?」

シルヴィアたんは怯えた視線で僕のことを見る。その視線は「うわー……　もっとやばそうなの出てきちゃったよぉ」とでも言っているかのようである。

「うわぁ、勇者よりやばそうだよぉ……　シルヴィアもうだめだ」

てか、口に出していた。正直だなシルヴィアたん。まぁ、否定はしないけどね。

「とりあえず、奴隷化の手続きを済ますね……　僕が誰かはその後に教えるよ」

僕はとりあえずそう言ってシルヴィアたんにニコリと微笑むのだった。


奴隷市を出た後、僕はいつもの宿屋へとシルヴィアたんと共に戻る。

「お帰り！　星屑！」

「ただいま、マリア」

宿に戻ると、マリアが早速僕を出迎えてくれた。

僕はそんなマリアを抱き上げ、よしよししながら撫でてあげる。

「えへへ……」

僕が撫でてあげると、マリアは嬉しそうに顔をほころばせた。

相変わらずマリアは可愛い。

ああ……　可愛い嫁が二人もいるなんて僕はなんて幸せで贅沢なんだ。

少し前の僕が見たら「爆発して大気に霧散《むさん》した挙句《あげく》宇宙に上ってダークマターと同化しろリア充めっ!!」くらいのことは言っていただろう。

「さて、それじゃあ改めて……」

僕はマリアを床に降ろし、そしてシルヴィアたんを見据える。

「シルヴィア……　君はこれから一生僕の奴隷だ」

僕はシルヴィアたんを見つめ改めてそう宣告する。

ちなみにシルヴィアたんとの奴隷手続きは、奮発して最高級の白金貨三枚（三千万相当）コースを選択した。このコースは完全に主から逃れられない永続奴隷契約コースだ。

しかもこの後、シルヴィアたんに僕のギンギンにファイナルウェイクアップした魔皇剣ザンバットソードをエンペラーフォームするので、その際にスライムも流し込んで肉体的にも隷属下に置こうと思う。

ついでに悪魔的な、ちょっとアレな感じでエグイ契約もしちゃおうと思う。

そんな感じで、法的にも、肉体的にも、魂的にも……

シルヴィアたんを全て僕の物にしてしまおうと思っている。

ガッチガチに束縛して、一生僕から逃げられないようにしておこうと思っているのだ。

くふふ……

そんなわけでシルヴィアたん？

「君はこの僕、御宮星屑の永遠の奴隷だ」

僕はそう言って、身長を元に戻し……　そしていつもの髪型に戻す。

「え……？」

そして、そんな僕の姿をまじまじと見つめて、驚くシルヴィアたん。

「き……　君は…」

シルヴィアたんは息を呑《の》み、目を見開き…　僕の目を見つめる。

「シルヴィア……　約束どおり君を守りに来たよ」

僕はシルヴィアたんの目を見つめて、そう言ってあげるのだった。

すると、それに……

「あ……　ぁう」

シルヴィアたんはただ驚愕する。

「ぅぁ……　はぁぅ…」

そして安心したように小さく息を吐き……

「ぁ……　ぅそ…　本当にぃ…?」

そしてぷるぷると震え、瞳に涙を溜める。

僕はそんなシルヴィアたんの瞳に溜まった涙を、人差し指でぬぐってやる。

そして……

「シルヴィア、君を愛してる……　一目見たときから、僕は君に運命を感じていた」

「ふぇ……!?」

僕はシルヴィアたんを真剣なまなざしで見つめ……　そして告白する。

その僕の告白にシルヴィアたんは驚き、体をビクリとさせ顔を赤くした。

「君は一生僕の物だ……　愛してる、誰にも渡さない」

僕はシルヴィアたんの頬をさらりと撫で、そう囁《ささや》くのであった。

「はぅ…ぁ」

それにまた一つ、体をぴくりとさせるシルヴィアたん。瞳は潤み、切なげに僕を見つめている。

「おいで…」

僕はシルヴィアたんの細い腰を抱き、少し強引に抱き寄せる。

「ぁ……」

少し困惑したように……　でもどこか嬉しそうな表情を浮かべるシルヴィアたん。

「君は一生僕の愛《いと》しい奴隷だ……　いいね？」

「んッ!?　ん、んぅ………」

僕はシルヴィアたんにそっと……　誓いの口づけをする。

シルヴィアたんは、その口づけに体をぶるりと震わせ……

「ひゃ……　ひゃい……」

そして熱い吐息と共に返事をする。

「んぁ……」

そっと離れる唇。

シルヴィアたんは少し蕩《とろ》けたような表情で、「ぽやぁ」としたままに……どこか熱を帯びた視線を僕に向ける。

「しょ、少年………　シルヴィアは…」

そしてシルヴィアたんは、ぽやぁ…としたまま熱っぽく小さくそう呟く。

僕はそんなシルヴィアたんの、ふるふると震える愛らしい頬を……

「きゃ……!?」

小さく「パシィ」とビンタする。

「ふぇ…………　えぅ？」

少しだけ赤くなった頬を押さえて、驚いたように僕を見上げるシルヴィアたん。

僕はそんなシルヴィアたんをニヤリとみおろし……

「少年じゃなくて、ご主人様だろう？」

ドS全開で、そうのたまってあげるのだった。

「お前は僕の……　可愛い可愛い奴隷なのだから」

シルヴィアたんを愛しくみおろし……　ご主人様としてそう命令をしてあげるのだった。

その、僕の発言に……

「はぅ……　はぁう…ぁぁ………」

体をぶるぶると震わせるシルヴィアたん。

「ひゃい……」

その瞳は悩ましげに潤み、その吐息は艶《なまめ》かしく熱を帯びる。

その表情はとろっとだらしなく蕩け……とても幸せそうで、嬉しそうである。

シルヴィアは……

「シルヴィアの……　ご主人さまぁ」

叩かれて赤く染まった頬と反対の頬も同じく真っ赤に染めて……　そう答えるのであった。


「ねぇ、星屑」

「ん？　なに？」

ベッドの上。

左手には全裸のままで、幸せそうな顔で寝ているシルヴィア……

そして右手に全裸のマリアを抱えて、賢者タイムの僕。

「ゾンビになって、喰屍鬼《グール》になって、悪魔になって……　次は何するの？」

そんな僕の胸元にすりすりと頬を寄せて、マリアがそう呟く。

「ん…　そうだなぁ」

とりあえず……

とりあえず当面、レベル上げはしない。

と言うか、できない。

なぜなら、人間界にいながら殺せる高レベルモンスターで、ハイドドラゴンより強力な奴はいないからだ。

つまり、これ以降は魔界へと進出しなければ効率的にレベルを上げることはできないということである。

しかし……

魔界の生物は、恐ろしいことに……　最低ラインで１０００レベルなのだ。

雑魚キャラで１０００レベルのフィールドとか……

マジないなぁ。

まぁ、そんなわけで、次のレベルアップの段階に行くには、まだ準備が必要だ。

具体的には、大量の金《かね》、有能な人材、大型の研究施設……　そして攻略しておくべきダンジョンがある。

次の段階に行くための……　大掛かりな準備が必要なのだ。

そして、それには……

「うん、そうだなぁ…………………　裏ギルドでも立ち上げようか？」

強大な力が必要なのである。

くふふ……　魔王になるのは大変だなぁ。

「ふふ、星屑あったかぁい……」

…………………………………………マリアさん？

あなた、人の話聞いてる？

あとがき

どうも、こちらはユウシャ・アイウエオン、人生初のあとがきにございます。

このたびは「ああ勇者、君の苦しむ顔が見たいんだ」をご購入いただき、まことにありがとうございました。ご購入されていない、立ち読みの方でもありがとうございます。でも、できれば買ってください、切実に。

さて、あとがきということなんですが、正直何を書いてよいのか全くわからないこと山の如しなので、とりあえずこの作品の出版に至るまでの経緯なんぞを、小説を書き始めたきっかけも踏まえて綴《つづ》りたいと思います。あ、そんなの別にいらないとか言わないでくださいね。そんなこと言われてももう出版しちゃってるんで、今更変更なんてできませんからね。

そんなわけで、まぁ潔く僕の昔話を聞いてください。

まず最初に、僕はポリスメンでした。ええ、そうです、ポリスメンでした。いろいろ大人の事情があって詳しいことは言えませんが、どこぞの地方ポリスメンをやっていました。で、一年で辞めました。圧倒的な税金の無駄遣いでしたね。本当にごめんなさい。ちなみに辞めた理由は「自分には向いてないかもー」という、至極、今どきの若者的な理由でした。超軟弱者ですね、僕ってば、うふふ。

ポリスメン退職後は「いざとなったら親の店（飲食店）のあと継げばいいかなー」というと

ても崇高な理由で調理師を志し、バイトをしながら調理師学校に通いました。そして「卒業したら厳しくなさそうな店で適当に修行しよー」というパーフェクトな人生設計を立てていたのです。しかし、そこで何をとち狂ったのか僕は「あ、なんか海外ではたらきたいかも」と唐突に思い、ネットで海外の調理師求人を探し、そして勢いのまま国外へとフライアウェイしました。ええ、そうです、僕は衝動で生きてます。

とにかく、行き当たりばったりの権化たる僕は、こうして海外での生活を始めました。しかし初の海外生活は、いかに完全無欠な僕と言えども容易ではありませんでした。そう、僕はそこで、かつてないピンチを味わうことになったのです。あれは正に、僕の人格を否定するかの如き責め苦でした。あれをやられてはいかに屈強な精神の持ち主であっても、容易く心折れるでしょう。そう、僕を襲った未曾有の危機とは………　それは、深刻なアニメ不足でした。

ええ、そうです。アニメや漫画やゲームなどのサブカルチャー要素が圧倒的に足りていなかったのです。なにせ僕はアニメがないと生きていけないダメ人間ですからね。二次元大好きピーターパンですからね。とは言え普通なら、ネット経由でサブカルチャー分を補給できたのでしょう。しかし、無計画の極みである僕は、ＢＩＮＢＯで海外生活をスタートしたため、パソコンの一台すら持っていなかったのです。また、当然ですが、海外であるため日本の漫画やアニメが見られる施設は存在しません。つまり僕は、今まで片時も離れなかった、愛してやまないジャパニーズサブカルチャーから隔絶されてしまったのです。

「ジャンプが無いのならサンデーを読めばいいじゃない」を座右の銘としていた僕にとって、その時の絶望は計り知れないものがありました。ええ、笑いごとではなく、ガチ絶望でした。ぶっちゃけ泣きました。いい年した大人がアニメ見れなくて泣きました。そしてその時の絶望は、海外生活の心細さ、極貧生活の惨めさと徒党を組み、日夜僕に、三位一体のジェットストリームアタックを仕掛けてきたのです。奴らは、毎日の仕事で疲れた僕の心を、容赦なく痛めつけてきました。僕がドMじゃなかったら初日で屈していたことでしょう。もしあの生活が続いていたら、僕の命は亡かったやもしれません。そう、僕はそれほどまでに追い詰められていたのです。

しかし、僕はその日々を越え、生き残りました。ある革命的発想により、その現状を打破したからです。そう、僕はある日思ったのです……「サブカルチャーが無いのなら、自分で作ればいいじゃない」と。何を隠そう、それが僕のラノベを書き始めたきっかけでした。ええ、残念ながらマジです。

さて、そこからどうやって僕がラノベを書いていったのかは……「ああ勇者、君の苦しむ顔が見たいんだ」の二巻のあとがきをご覧ください!!　ふはは!!

さて……　ではでは皆様、どうぞ次巻までご達者で。最後に改めてお礼を言わせてください。今まで支えてくださった「小説家になろう」の読者様、挿絵を描いてくださった成田《なりた》様、出版をしてくれたポニーキャニオン様、そしてこの本を買ってくれた皆様。本当に、本当に、ありがとうございました。野郎の僕にこんなことを言われても嬉《うれ》しくはないと重々承知ですが、言わせてください。

愛してます。

ユウシャ・アイウエオン　拝

ぽにきゃんBOOKS
続々と
メディ
アニメ化決定!!
&
コミカライズ
ランス・アンド・マスクス
Lance N' Masques
著者:子安秀明　イラスト:茨乃
「ポニーキャニオンだからこそ出来る展開を。
マンガが無料で読めるサイト　ぽにマガ　です。
毎週木曜日更新!
Lance N' Masques
ランス・アンド・マスクス
−インサイドプラス−
inside plus
〜第1話〜
—お怪我はありませんかレディ
原作:子安秀明
「ランス・アンド・マスクス」(ぽにきゃんBOOK
漫画:咲良
協力:Studio五組
原作:子安秀明　漫画:

監督 イシグロキョウヘイ×Studio五組

MAIN CAST

花房葉太郎:山下大輝　鬼堂院真緒:小澤亜李

朱藤依子:沼倉愛美　アリス・クリーヴランド:三森すずこ　白姫:諏訪彩花

リュウ・ユイファ:M・A・O　五十嵐冴:花守ゆみり

XXI century - knights still exist in the present world.

Most orders of chivalry born in medieval Europe have disappeared, victims of modernization or conflicts between countries. Only one is still active nowadays:

Knights of the World.

第3回 なろうラコン
書籍化作品情報!!

ぽにきゃんBOOKS7タイトルリリース!!!

10月 救わなきゃダメですか? 異世界
著:青山 有 / イラスト:ニリツ

11月 ああ勇者、君の苦しむ顔が見たいんだ
著:ユウシャ・アイウエオン / イラスト:成田芋虫

12月 救いをこの手に
著:長考師 / イラスト:bob

おひとりさまでした。
~アラサー男は、悪魔娘と飯を食う~
著:天那光汰 / イラスト:???

ネトラレ男のすべらない商売
著:一条由吏 / イラスト:???

美女と賢者と魔人の剣
著:片遊佐 牽太 / イラスト:???

マイバイブルは『異世界召還物語』
著:ポモドーロ / イラスト:???

※タイトルは全て受賞段階のものになります。書籍化の際には変更になる可能性もございます。

ぽにきゃん
BOOKS

ああ勇者、君の苦しむ顔が見たいんだ

ユウシャ・アイウエオン

ぽにきゃんBOOKS

2015年11月3日　初版発行

発行人　古川陽子
編集人　高取昌史
発行　株式会社ポニーキャニオン
〒105-8487　東京都港区虎ノ門2-5-10
マーケティング部4グループ　03-5521-8046
カスタマーセンター　03-5521-8033
装丁　杉山絵（有限会社草野剛デザイン事務所）
イラスト　成田芋虫
組版・校閲　株式会社鷗来堂
印刷・製本　図書印刷株式会社

ISBN978-4-86529-165-0　PCZP-85110